ちっさい俺の
巻き込まれ
異世界生活
6

主な登場人物
アールスハイン・リュグナトフ
リュグナトフ国の第3王子。ヤンキー顔で一見怖いが、優しく面倒見のいい少年で、ケータの後見人のような立場になる。
ティタクティス・スパーク
スパーク辺境伯家の五男で、恵太の親友である三栗谷《みくりや》助《たすく》の生まれ変わり。
レッサーパンダ(?)
悪い冒険者に攫われた妖獣。ケータに懐いている。
ケータ(五木《いつき》恵太《けいた》)
聖女と共に転生した、チート能力を持つ聖獣。中身は日本で事故に巻き込まれて死んだおっさん。本人にそのつもりはないが、その言動で周囲をほっこりさせる。
ルルー
以前からケータたちに同行しているAランク冒険者。とても面倒見がいい。

ルガーヌ
自信過剰でヒステリーな魔道具師。
ディーグリー・ラバー
ラバー商会の次男。パッと見軽薄そうなイケメンだが、人懐っこくて愛想がいい。
スコラウス
快楽主義でいいかげんなAランク冒険者。以前から元王妃のクシュリアとつながっている。
ユーグラム・アッセンブル
教皇の長男。常に無表情だが、感情は分かりやすい。可愛いもの好きで、ケータのことも気に入っている。

Contents

ちったい俺の巻き込まれ異世界生活 6

ぬー

イラスト
こよいみつき

これまでのあらすじ

巻き込まれ事故で死亡してしまった五木恵太《いつきけいた》は、幼児ケータとなって異世界に転生。聖女召《しょう》喚《かん》の最中に聖女リナと一緒に降臨したケータは、城で保護されることとなる。

そのフクフクの外見からは想像できない驚きの能力で、第3王子アールスハインにかけられた呪いを解いたり、神の交代劇に一役買ったり、食の常識を覆したりと、ケータは大活躍。その正体が実は、聖獣であることも判明する。

ケータはアールスハインと共に、学園に入学することに。ユーグラム、ディーグリーという新たな仲間も加わって、ここでも周囲を巻き込んでの大活躍。

冬休みに王城に帰ったケータは、隣国に醤油そっくりな味の調味料があると知って大興奮。無事調味料を手に入れて唐揚げ作りに成功する。その後も肉体強化の魔法を発明したり、呪いのかかった魔道具を集めて片っ端から解呪したりと、異世界生活を満喫。

そんな中、スラム街で元女神によって魔王にされかけている少年にケータたちは出会う。解呪魔法で少年を助けたケータ。さらに元女神に奪われたフェンリルの子供を助け、ラニアンと名付けて預かることに。その後も海で蟹《かに》料理に舌鼓《したつづみ》を打ったりと、楽しい日々を送る。しかし一方で、元女神は何かを企《たくら》んでいるようで今後もさらなる波乱の予感が……。

1章　3年の新学期

おはようございます。

今日の天気は雨です。

新学期1日目です。

今日は教室で席を決めたら、講堂に行って学園長の挨拶《あいさつ》を聞いたあとは、1学期いっぱい続く演習の班決めです。

この辺は去年もやったので大丈夫。

着替えて朝食を食べに食堂へ行けば、いつものように食堂中央に不快なカップル。

それをスルーして隅の席に行くと、ユーグラムやディーグリーたちと共に、朝食も食べずに佇《たたず》むイライザ嬢と弟のクリスデール。

認識阻害のバリアを張ったまま近づくと突然現れたように見えたのか、バリアの範囲に入った途端姿が見えた俺たちに、クリスデールがウワッと短い悲鳴を上げた。新鮮な反応ですな！

イライザ嬢は笑顔でこっちを見てるけど。

婚約式から縦ロールをやめたイライザ嬢は、とても清楚《せいそ》な令嬢に見える。

本人はキツそうな見た目と違って、いたって穏やかな、たまにツンとするだけのかわいらしい令嬢なんだけどね！

「皆様、おはようございます！　あの、実はご相談があって………」

もじもじしながら上目使いでこっちを見る姿は、元女神とは違って、媚や打算や欲望がないぶんよりかわいく感じるね！

「おはようイライザ嬢、朝食がまだなら一緒にどうだ？」

とアールスハインが同席を促せば、話を聞いてもらえることにほっとしたのか、笑顔がさらに明るくなる。

「ではお言葉に甘えて」

と席に着けば、クリスデールも軽く会釈してイライザ嬢の隣に座る。

相談の内容を聞かないようにか、ユーグラムとディーグリー、助《たすく》とシェルは隣のテーブルに着いた。

俺たちも席に着いたところで、昨日思ったことの実行。

マジックバッグから取り出した、認識阻害の魔道具な靴の中敷きをクリスデールに差し出す。

「くりしゅでーる、はいどーじょー」

いきなり差し出された物の意味が分からず、戸惑って受け取らないクリスデール。

困ったような顔で、

「え？　ええと、それはなんですか？」

「まあ、ケータ様！　わたくしの相談内容が分かっていたのですか？」

「んう？」

「あの、相談したかったのは、クリスがキャベンディッシュ殿下と一緒にいらっしゃる彼女に、頻繁《ひんぱん》に絡まれることについてなのです。昨日、クリスは雨の中佇んでいる彼女に声をかけてから、どこに行っても現れて、何かと絡まれるそうなんです。なのでできれば以前わたくしがいただいた、認識阻害の魔道具をお譲り願えないかと思いまして、相談に参りましたの」

「「「「あー」」」」

結局隣の席に座ってた面々にも話の内容は伝わって、全員が納得の声を上げてしまった。

「クリスは彼女に興味はないのだな？」

一応、アールスハインがクリスデールに確認すれば、クリスはコクコク首を縦に振り、

「なんと言うか、彼女は令嬢にしては距離が近すぎて、物言いも何かを勘違いしているようなことばかり。私には理解できません」

困惑の多分に含まれた声と顔でそう言うので、

「なら、ケータの渡した魔道具を受け取ればいい。移動の時に発動すれば絡まれることも減る

だろう」

「あ、ありがとうございます！」

やっと俺から中敷きを受け取ったクリスデール。

「ケータ様、ありがとうございます」

イライザ嬢にもお礼を言われました。

「いーよー、いっぱー持ってるち」

その後はイライザ嬢から使い方を説明されながら、クリスも一緒に朝食を食べて、食堂を出る時に早速《さっそく》発動。

態《わざ》と元女神のすぐ近くを通って食堂を出たが、相手に気付かれなかったことに感動したのか、笑顔で何度もお礼を言われた。

問題解決して何よりです。

クリスと助とシェルと別れて教室へ。

既にほとんどの生徒が教室にいて、なにやら揉《も》めている様子だったが、挨拶して席に着く。

3年生になっても、身分が一番高いのはアールスハインなので、アールスハインがさっさと席を決めて、次にイライザ嬢、ユーグラムが席を決めて、席に着こうとしたら、なんだか派手で意地悪そうな令嬢と、根性悪そうな子息の2人を先頭に、何人かの生徒が近寄ってきた。

「おはようございます、アールスハイン殿下。下位の者から声をかける失礼は、クラスメイトということでお許しください。私はロッコリー・シールズ、侯爵家嫡男《ちゃくなん》です。こちらの美しい令嬢は……」

根性悪そうな子息が紹介しようとしたのに、ズズイっと自ら前に出て、

「ごきげんようアールスハイン殿下、わたくしはガブリエラ・トマスティーでございます。侯爵家の長女ですわ！」

「ああ、2人ともおはよう。それで、俺に何か用事が？」

「いえいえ、ただのご挨拶です。新しくクラスメイトになられた殿下に、いち早くご挨拶に参っただけで」

「ええ！　これからクラスメイトとして、わたくしともぜひ！　仲良くしてくださいましね！」

「ああ、まあよろしく」

アールスハインの気のない返事にも、満面の笑みで応えるガブリエラ嬢。

まさに肉食系令嬢！　アールスハインを見る目がギラギラしてる。

その後、一応身分が上のイライザ嬢とユーグラムにもおざなりに挨拶して、2人は去っていった。

周りにいた生徒は、軽く頭を下げる程度で、自己紹介もしなかった。

「見事に視界から締め出されたね～」

「ね～、にゃかよちのこーを、じゃけんにされたら、きぶんわるーのにねー（ね～、仲良しの子を、邪険にされたら、気分悪いのにねー）」

「その辺まだまだね～、明らかに仲良くしてるのが分かってるんだから、一応声くらいかけとけば、印象が全然違うのに～」

「みぶーんたかくて、じぶーがえらいと、かんちがーちてるのねー（身分高くて、自分が偉いと、勘違いしてるねー）」

「んでも、嫡男ってことだから、あのまま大人になる可能性は高いよ？」

「しょ、それは、りょーみんがくろーしゅるねー（それは、領民が苦労するねー）」

「そ～かもね～、今も結構な税金取られてて、他の領地に移りたいって人は多いみたいよ？ギリギリ違法じゃないから、国も動けないって話だし」

「Sくらしゅらから、そこそこゆーしゅー？（Sクラスだから、そこそこ優秀？）」

「ん～、でも剣術大会でも、魔法大会でも、特に目立った結果は出してなかったと思うよ～？」

「しょんたく！」

「ぶふっ、忖度って、難しい言葉知ってんね～？」

「まえのしぇかいで、はやってた（前の世界で、流行ってた）」

「なにそれどんな流行り〜？」

「せーじかかんけー」

「なるほど！　どこの世界もいろいろあるよね〜」

「にんげーらからねー（人間だからね）」

見事にスルーされた俺とディーグリーが、緩く話してる間に、クラスの席が決まって、Ｓクラスの中では唯一の平民なディーグリーの席も決まった。

誰も座りたがらなかったアールスハインの前の席。

アールスハインの隣はユーグラムで、斜め前にイライザ嬢、前の席にディーグリー。

仲良しで固まった。

まあ、他の席でも同じような状態だけどね。

ロッコリーの周りも、ガブリエラ嬢の周りも、一緒にいた取り巻きたちが囲んでるし。

席が決まって程なくして、我らが新担任の童顔眼鏡なチチャール先生が教室に入ってきて、その顔に驚愕《きょうがく》の表情を表した。

なにごと？

「お、おはようございます皆さん。ええと、もう席が決まったのですね？　今年はまたずいぶんと早い」

席がすんなり決まって驚いているようです。

いつもはもっと揉めてたのね？

誰もが無言で知らん顔するので、チチャール先生も何も言えなくなって、そのまま注意事項を告げるだけになった。

「それでは皆さん、講堂へ移ってください」

チチャール先生の声で、それぞれが立ち上がり移動を始める。

俺たちはなんとなく最後尾を歩いていたんだけど、更に後ろにいたチチャール先生が、何か考えながら、

「…………なるほど、カイン先生の言っていたことは、こういうことだったのか？　ええ、それなら今年の僕ってば楽できる？　胃薬がいらない⁉　ええ、ほんとに⁉」

ブツブツしてます。

バッチリ聞こえてるけど、ディーグリーが笑いを堪《こら》えてて、ユーグラムが密《ひそ》かにフフフってしてる。

アールスハインは振り向きはしないけど、気の毒そうな顔をしてる。

アールスハインに抱っこされた肩越しに、俺はチチャール先生を見てる。

チチャール先生も、見るからに我の強そうな生徒に苦労してたのね！

前を歩くガブリエラ嬢たちの集団が、チラチラチラチラこっちを見てくるけど、それはスルーで！

講堂での学園長などの話は、程々に長く退屈。

去年と大して変わらない内容だしね。

また教室に戻ってきて、今度は演習の班決め。

イライザ嬢をちょっと心配したけど、無事、ガブリエラ嬢の取り巻きではない令嬢の班に入れた様子。

俺たちは一番最初に班の申請を済ませ、無事助とも組むことができたので、先に教室を出て図書館へ。

今年の演習は、ダンジョンでの演習になるので、下調べはちゃんとしないとね！

無駄にハイテクな図書館で、ダンジョンの資料を広げる。

今度演習に使われるダンジョンは、洞窟《どうくつ》型と言われるもので、地下へ行くほど強い魔物が出てくるらしい。

その辺は前世のゲームで見たのとあまり変わらない様子。

王都からそれほど離れていないダンジョンは有名らしく、騎士団での訓練にも度々《たびたび》使われることもあるんだとか。

アールスハインは騎士団で訓練はするけど、冒険者登録をしていなかったので、ダンジョンの訓練には参加できなかったらしい。

ダンジョン内では、いくつかのルールがあって、休息所と言われる魔物の入ってこれない場所がダンジョン内にはいくつかあって、その場所の利用方法が一番守らないといけないルールだそうな。

主にトイレ的な理由ね！

休息所には、だいたい2カ所水場があるんだけど、1カ所はトイレ用、1カ所は水飲み用って決まってて、ダンジョン内の通路とかで勝手に用足しすると、他の冒険者に大顰蹙《ひんしゅく》を買う。

そりゃそうだ。

昔、ダンジョンのルールがまだ作られてなかった頃、ダンジョンのいたるところに排泄《はいせつ》物が放置され、一時ダンジョンに入る冒険者が激減して、スタンピードが起こったらしい。

そのことで、王都にも結構な被害が出て、お城と冒険者ギルドとで話し合いが持たれ、ルールができたそうな。

なぜかスタンピード後には、休息所の水場が2カ所に増えてたらしいし。

そんなことを笑いながら話し、それなりに資料を揃《そろ》え、チチャール先生のチェックを受けて終了。

3年生の演習は最初の1週間は様子見のため日帰りしてもいいが、残りの日程は1週間のうち4日間は泊まり込みの必要があるので、いろいろ大変。長く泊まり込むほど点数が加算されるしね。

でも俺たちには全員マジックバッグがあるので、なんの問題もない。

荷物チェックの時に、チチャール先生にこそっと教えれば、心底羨《うらや》ましそうに見られたけど！

早々に用意を終えた俺たちは昼ご飯を食べたら、チチャール先生に訓練所の鍵を借りて、訓練に励んだ。

肉体強化の訓練なので、皆がずっと爆笑してたのはスルーで！

ソラとハクがやる気満々で訓練に参加してたのもスルーで！

俺はずっと訓練所の片隅で、ラニアンと遊んでたよ！

◆◇◆◇◆

おはようございます。

今日の天気は曇りです。

新学期が始まって6日目の朝です。

昨日の放課後にお城から帰還命令が下り、急遽《きゅうきょ》お城に帰ってきました。

緊急の帰還命令なんてアールスハインも初めてのことらしく、ちょっと慌《あわ》ててボードを飛ばしてお城に帰ったら、満面の笑みを浮かべたリィトリア王妃様とクレモアナ姫様が出迎えてくれました。

その時点で俺は悪寒《おかん》を感じたのだが、アールスハインには伝わらなかった様子。

シェルと助はうっすら気付いたのにね！

2人に連れられて王様の執務室へ向かうと、王様さえなんのことか知らされていなかったのか、アールスハインの帰還に不思議そうな顔をしていた。

同室にいた宰相さんも同様に。

「…………それで母上、私たちを呼び出した理由をお聞きしても？」

「ウフフフフフ！　惚《とぼ》けちゃって！　驚かせようとしたのかしら？」

「フフフ！　サプライズが下手《へた》ね～」

「フフフ、そんなところも可愛いけれど、ドレスに付けるにはそれなりに事前の加工が必要なのよ！　本当に驚かせたいのなら、わたくしを味方に付ければよかったのに！　そうすれば、飛びきり豪華な装飾に仕立ててあげたのに！　もう、本当に不器用なんだから！　自分の時には、ちゃんと事前に相談なさいね！」

それはそれは嬉《うれ》しそうに王妃様と姫様が会話しているが、一体なんのことを言っているのかが、ここにいる男性陣にはサッパリ分からない。

「……………母上、さっきからなんのことを話されているのですか？　サッパリ分からないのですが？」

「そうだぞリィトリア、クレモアナ。2人だけで通じる話をされても、なんのことか分からん」

王様の同意に不思議そうな顔をする2人。

血は繋《つな》がってないのにその表情はそっくりである。

「なにって、惚けているのではなくて？」

「…………リィトリア母様、本当に惚けているのではなく、この顔は分かっていない顔ですわ」

「ええ！　では本当にあれだけしかないってこと？　どうしましょう、もうマダムに注文を出してしまったわ！」

「リィトリア母様、もう注文を出されたのですか⁉　それは早すぎますわ！　まだ数も確認していませんのに！」

「ああ、わたくし興奮してしまって、ちょっと先走ってしまったわ。今から断りの連絡をしてくるわね」

「ちょっとお待ちください！　まずは正確な数の確認が先ですわ！」

「え？　ああ、そうね！」

なにやらこそこそ話したあとに、グリンとこっちを見た２人。

その勢いにアールスハインが一歩下がった。

「さあ！　アールスハイン、ここに例のものを全て出しなさい！　数を確認しなくては！」

フンスッとばかりに鼻息荒くテーブルを示す王妃様。

「………………ですから母上、さっきからなんのことを言っているのですか？　サッパリ分かりません。例のものとは一体なんのことですか？」

いまいち噛み合わない会話に、困惑した声で言うアールスハイン。

他の男性陣も分かっていない様子。

そんな男性陣を見て、クレモアナ姫様が、

「本当に分かっていないようね？　私たちが言っているのはパールのことよ。一昨日の晩餐《ばんさん》のあとに、料理長から料理に使った貝の中からパールを発見したから確認してほしいと見せられたのよ。それは見事な真円のパールだったわ！　そしてその出所はケータ様だって言うじゃない？　なぜ報告しなかったの？」

困惑顔で全員に見られる俺。

「パーリュって、そんなにだーじ？（パールって、そんなに大事？）」

前世では割とポピュラーな宝石だったよ？　妹も持ってたし。

「……………………………………なるほど、ケータ様はパールの価値を知らなかったのね？」

「そうなのか、ケータ？」

「しょんなにきちょー？（そんなに貴重？）」

「ええ、その辺の宝石など目じゃない程に貴重で希少ね！」

王妃様が迫力ある笑顔で答える。怖い！

なるほど。この世界の真珠《しんじゅ》は、魔物から偶然取れる希少な宝石なのね？　前世では人工養殖が普通だったから、そんなに貴重で希少とは知らなかった。まあ前世でも高額ではあったけどね！

「それでケータ様、パールはまだあるのですか？」

「ありゅよー」

演習前の1週間は準備期間なんだけど、俺たちは肉狩りの時の装備やテントなんかをそのまま使うので特に準備するものもなく、アールスハインたちは訓練に明け暮れた。暇な俺は、お城から料理長を呼び出して、海での海産物の処理と料理に明け暮れた。

特に大量にある貝の処理が大変だった！　巨大だし！　俺が丸ごと中に入れるくらいの大き

さの貝って！　貝柱もバスケットボールくらいあるし！　その中には、パールの入った貝もあった。

でっかいパールが1個だけとか、小さい粒が大量に入っているのとか、貝によってバラバラだったけどね。

料理長は、料理に夢中でパールの希少性を教えてくれなかった。

蟹とか海老《えび》とかの新食材に夢中だったせいもある。

なのでパールは大量にあります。

マジックバッグからパールを取り出す。

でっかいボールのようなパール、粒々なパール、変形したパールを一度にゴソッとね！

テーブルに乗りきらず、コロコロ転がり落ちるパール。

「「「「……………………」」」」

一同無言。

「だちたー、こででぜんぶー」

「「「「……………」」」」

更に無言。

なにさー、出せって言うから出したのに、皆さん無言で固まって、誰も動き出さない。

仕方ないので転がり落ちた巨大パールを、テーブルの側まで転がしてきた。

絨毯《じゅうたん》は敷いてあるが、その下は石床なのでゴロゴロと転がるパールの音だけが部屋に響く。

「あああ！　ケータ様、ダメよそんなことをしては！　パールに傷が付いてしまうわ！」

一番先に我に返った王妃様が、俺ごとパールを回収した。

それ、すごく重いのに、王妃様力持ちね？

中身のみっちり詰まったパールは、ボウリングの玉より重い。

片手に俺、片手に重い巨大パールを持ってる王妃様。なんかシュールね！

「…………これは、すごいな？」

王様の感想はそれだけでした。

宰相さんはまだ固まってるし。

シェルと助といつの間にか部屋にいたデュランさんが、落ちたパールを回収してる。

クレモアナ姫様は、なんかブルブル震えてる。

「すごい！　すごいわ、ケータ様！　これだけあれば2人分の婚礼衣装に存分に使ってもまだ余るほどだわ！」

キャーッと悲鳴のような歓喜に震えるクレモアナ姫様に、ブチューッとされました。

「いえ、それは！　我が娘の婚礼衣装にまでパールを使っていただくのは！」

「もうだいたいのデザインは決まっているの！　そこにこのパールを惜し気もなく飾り着ければ、我が国の権威を示せますわ！　しかも、同時に婚礼を挙げる花嫁2人が仲の良い様を見せ付ければ、付け入ろうとする輩《やから》への牽制にもなります！　素晴らしい！　ケータ様感謝いたします！」

そしてまたブチューっとされました。

俺の頬っぺたは既に真っ赤です。

宰相さんも、姫様の興奮した声に逆らえるはずもなく、無言になってた。

更に女性2人はデザイン違いのドレスに同じ飾りを着けるには、どんな風に飾るのがいいかの話に移ってしまったので、男性陣は口を出せません。

来週末はイライザ嬢を呼び出して、更に案を練るそうです。

女性2人はそれはそれは生き生きと話しながら部屋を出ていった。

デュランさんが中心になってパールを片付けて、シェルが皆にお茶を淹《い》れた。

なんだか女性陣の勢いに押されて、グッタリする男性陣。

「ケータ殿、あのパールを全部出してしまってよかったのか？」

王様に聞かれたけど、特に使い道もないので、

「いーよー、ケータつかーないちー」

ぬるく答えた。

「ああまあそうだろうが、して、金額はいくらほどになるか？」

「？　ただよ？　拾ったらけらし」

「いやいやいや、それはあまりにも！」

「かい、たべたかったらけらし（貝、食べたかっただけだし）」

「いや、しかし！」

「んじゃーおいわいってことでー」

「流石《さすが》にもらいすぎだろう⁉」

「えー、もとはただよー？」

「いや、そうだとしても！」

「ケータおかねいっぱーもってるち」

「ううーん」

王様が考え込んでしまった。

結論から言うと、もともと貝の副産物扱いで特に必要でもなかったものなので、格安で売ることになった。

幼児からただで譲られるのは、王様的なプライドに関わるのかね？　もしくは国の威信とか？

よく分からんけど、格安とはいえパールなので、また結構な金額が俺の懐《ふところ》に入ってしまった。

使わないのに！

シェルが言うには、裕福な伯爵くらいの資産を持ってるらしいよ？　なにそれ怖い！

お昼に料理長特製の海鮮料理を食って学園に帰った。

帰る前に見送りに来てくれた王妃様と姫様に両方からブチューッとされて、イライザ嬢への手紙を預かった。

午後はストレス（？）発散のために訓練をしたよ！

訓練用人形を改造して怒られたけど！

イライザ嬢への手紙は、お城への呼び出しだったらしい。

急な呼び出しに慌ててたけど、事情を話したら、気絶しそうになっててこっちも慌てたけどね！

◆◇◆◇◆

おはようございます。

今日の天気は快晴です。

今日から演習の始まりです！

いつもより早く起きて食堂で朝ご飯を食べたら、馬車に乗ってダンジョンへ行きます。

馬車の揺れはブランコを吊るしてなんとか凌《しの》ぎました。

騎士科の女生徒にキャッキャされました。

今回はいつものメンバーにシェルだけ別行動。

1時間半ほどで到着したダンジョンは、巨大な砦《とりで》のようでした。

冒険者タグを見せて中に入ると、巨大な穴の入り口があり、その入り口には多くの冒険者と騎士たちがいました。

騎士科の生徒は1班ごとに騎士が1人付き、3年Sクラスの生徒の班には冒険者が1人引率に付きます。

俺たちの担当はなんとルルーさんでした！

他の班はCランクかBランクの冒険者なのに、なぜ俺たちの班はAランク冒険者なのか？

まあ、ルルーさんならテントのこともバレてるし、気を使わなくていいけどね！

列に並んで受付を済ませ、いざダンジョンへ！

外から見た時はただ暗い穴に見えたけど、中に入ると意外と明るかった。

壁の所々にボンヤリと光る石があり、そのお陰で視界は悪くない。

ただし空気はあまりよくない。

思わず顔をしかめていると、

「ハハ、チビッ子には空気の違いが分かるか？　浅い層の空気はあんまよくねーだろ？　5階層より下に行けば普通になるからそれまで我慢な！」

ガシガシ頭を撫《な》でられた。

「そんでよ、お前らの実力なら一気に10階層くらいまで行けるんだけど、どうする？　そこまで行けば獲物の取り合いも減るし、邪魔しようとする冒険者も減るが？」

「そうだな、10階層くらいまでなら特殊個体も少ないと聞くし、行ってしまうか？」

「異存はありません」

「い〜ですね〜！」

「10階層くらいまでは、獲物の取り合いが面倒だからな！」

「んじゃ決まりで！　ボードでひとっ飛びしようぜ！」

全員の意見が一致したのでサクッと進みます。

天井は5メートルくらい高さがあるので、前を歩く人たちの頭上をスイッとね！

騎士や学園の生徒にはたまに飛んでる姿を見られてるので、それほど驚かないようだけど、冒険者の人たちの驚きようはちょっと愉快だった。

まあそれもルルーさんが軽く手を振るだけで解決してたけど。

慣れた道なのか、ルルーさんを先頭にスイスイ進んで10階層に到着。

10階層から下に降りるにはダンジョンボスと言われるボスを倒さないといけないらしい。

ボス用の特別な部屋があり、ボスを倒さないと出られない部屋なんだって。

だいたいのCランク冒険者は、ここで躓《つまず》くらしい。

ここを無事に越えられると、ほぼBランクに昇格できるそうな。

10階層のボスはモス。森でも会ったね。

森のモスと違うのは色。森のモスは燻銀《いぶしぎん》色だったけど、ダンジョンのモスは茶色。

特殊個体ですか？　と思ったら、モスは強くなるほど色が濃くなり大きくなるそうです。

確かに今目の前にいるモスは、森のモスより一回り小さいような？

森でも一度狩っているので、ユーグラムが状態異常をかけてサクッと狩りました。

固さもそれほどでもなかった様子。

俺はただ見てただけで終了。

ダンジョンというのは特殊な場所で、狩った獲物は部位を残して消える仕様になっているらしい。それをドロップ品と言うそうです。

ゲームでも聞いたことのある単語ね？

モスのドロップ品は、角と皮と肉。

肉。肉の塊が、ドドンと巨大な皮の上に載っている。

思わず呟《つぶや》けば、

「にきゅ」

ベテランAランク冒険者のルルーさんでも、初のドロップ品らしいよ？

「……………………モスのドロップで肉が出るなんて聞いたことねーけど⁉」

「グフッ、ケータの食欲に反応したんかね？」

皆に笑われました。解《げ》せぬ！　皆だって食欲は旺盛だろうに！

まあ、血抜きの必要もない高級肉を手に入れられたので、文句は言いませんよ！

ボス部屋の隅には、転移部屋という小さな部屋があり、この先に進まない人は転移部屋で登録したあと、何かしらの宝石を置いて魔力を流すとダンジョン入り口の横にある転移部屋に瞬間移動できるらしい！　すごくね⁉

ぜひとも使われている魔法陣を見てみたいところ！

意気込んで転移部屋に入って魔法陣を見てみたが、理解できない言葉でした！　言葉っていうか模様？　複雑に絡み合った図形に模様が書かれてる。俺が理解できないだけで言葉なのかもしれないけど、理解できねば書けぬ！　残念！

登録は簡単で、魔力を流せば済みました。

瞬間移動とか夢があってよかったのに、できないことに少し不貞腐《ふてくさ》れてたら、ボス部屋を出た途端にホームランされました！

バリアがあるので無傷だし、なんなら自動反撃してるので、相手にダメージ食らわしているんだけど、ものすごく驚いた！

そして自分をかっ飛ばした相手を見たら、なんと！　冒険者のおっさんだった！

その手に持つ棍棒《こんぼう》は折れ曲がって、冒険者のおっさんの指が何本か折れて、おっさんは痛みに呻《うめ》いてるけど！

「ギャハハハハ！　ざまーみろ自業自得だ糞《くそ》アバド！　おい！　隠れてんだろ？　さっさと出てこねーと、この糞アバドを更にメコメコにすっぞ！」

ルルーさんが吠《ほ》えております。

かっ飛ばされた俺からは、扉から少し離れた曲がり角に隠れている糞アバドと呼ばれたおっさんの仲間らしき奴らが丸見えである。

最初、かっ飛ばされた俺を見て驚いた顔をしていた奴らは、すぐにおっさんアバドの方に向き直り、俺には完全に背を向けている。

そりゃそうだ、簡単にかっ飛ばされる幼児を、強いと認識する奴は中々いない。

ルルーさんの様子から見ても、あまり性質のよくない奴らだと予想がつく。

ならばやることは一つ。

マジックバッグから取り出した魔道具に魔力を流して、奴ら目がけて投げるだけ。

ブワンと空気を震わすような音のあと、４人いた奴らは厚く頑丈な布で、ミイラのようにグルグル巻きにされて転がった。

口と目だけは辛《かろ》うじて出ているものの、魔法を撃とうとしてた奴も剣を構えてた奴も弓で狙ってた奴も一切身動きできなくなった。

「グフッ、出てくる前に倒されてやんの！　ブフゥ、ギャハハハハ！」

ルルーさん爆笑しております。

それを呆然《ぼうぜん》と見てたおっさんアバドは、急に暴れだし、不意を突かれたルルーさんを転ばせた。

すかさず助に捕らえられてたけど。

流石に助も騎士団で訓練を受けているだけあって、捕縛はお手の物なのか、どっかから出した紐《ひも》でおっさんアバドを縛り上げた。

起き上がったルルーさんが、おっさんアバドを引き摺《ず》って、こっちに来て５人をまとめると、

「さて、お前ら、覚悟はできてんだろーな？　このままギルドに突き出せば、お前らの冒険者

人生は終了だ。それだけじゃねー、今まで運良く捕まってなかったが、調べられりゃーボロボロ余罪が出てくんだろーな！　そうなりゃ奴隷落ち確実だな！」

「ちょっと待ってよ、ルルー！　私は何もやっちゃいないわ！　このチームにだってつい最近入ったばかりだし！　ねえ、私だけでも解放してよ！」

ミイラ状態の中の唯一の女性が、ウゴウゴしながら訴えているが、彼女を見るルルーさんの視線はとても冷たい。

「馬鹿か！　このチームの評判の悪さは冒険者なら誰でも知ってるだろう？　それにもかかわらずチームに入ったお前が、何もしてないわけねーだろ！　お前が駆け出し冒険者をカモにして、散々金を貢《みつ》がせた挙げ句、借金奴隷に落としたことは有名なんだよ！」

「そんなの馬鹿な男共が悪いんじゃない！　ちょっとすり寄ってやれば鼻の下を伸ばして、勝手に貢いできたのよ！　私は悪くないわ！」

「へー、そこのアバドと組んで美人局《つつもたせ》してたのも有名だが、それもお前は悪くないのか？」

「あ、あれは、アバドに無理矢理やらされてたのよ！」

「はあー？　ふざけんな！　テメーがうまい話があるから協力しろって言って近づいてきたんだろうが！」

「はん！　知らないね！　そんな証拠はないだろう！」

「このアマ！」

醜い罵《のの》り会いを制したのは、ルルーさんの静かな声。

「うるせーな、お前ら全員の同罪だろうが。ギルドに突き出すのは決定事項だっつーの！」

そのままルルーさんの手によって引き摺られたアバドは、なんとか逃げようとしていたが、抵抗虚しく引き摺られていった。

アールスハイン、ディーグリーが1人ずつ、助が2人を引き摺ってルルーさんのあとを追う。

俺とユーグラムは周りの警戒。

出てきた扉を潜れば転移部屋。

そこにミイラ状態の4人とアバドを重ねて置いて、動けないように更に拘束、入り口を見張る兵士か出入りの管理をしてるギルド職員に向けて軽く説明の紙を付ける。

ちゃんとアールスハインとルルーさんの署名を入れて。

兵士ならばアールスハインの名前が、ギルド職員ならルルーさんの名前が効果を発揮して、事細かく調べてくれることだろう。

一仕事終えて、また扉を出たのだが、なんだか勢いを削《そ》がれてしまったので、とりあえず休憩所に向かうことになった。

出てくる魔物を狩りながら進む。

10階層の魔物は主に動物系。

狼に兎《うさぎ》にたまに熊、どれもかなりな大きさだが、森にいた魔物よりは弱い感じ。状態異常をかけなくても難なく狩れる。

そしてもれなく落ちる肉。

なぜか俺の食欲のせいにされて、ドロップする度笑われる。

1時間もせずに到着した休憩所、事前に調べた通り水場は2カ所？　小川のような細い川があるだけで、区切られているわけでもない。

高低差があるので、高い方で水を飲み、低い方で用を足す感じ。

仕切りもないただの小川を跨《また》いで用を足すのは、抵抗ないのだろうか？

まあ俺には必要ないし、なんならテント内のトイレもある。

小川は常に一定の流れがあるので匂いが籠《こも》ることもない。

ダンジョン入ってすぐの場所よりは、空気も正常に近い。

休憩所の広さは教室くらい、今は俺たち以外に1組だけ。

なんかやたらとグッタリしている彼らは驚くほど軽装で荷物も少ないが、大丈夫なんだろうか？　マジックバッグ持ってんの？

冒険者は基本、自分と仲間たち以外との接触を嫌う。それは様々なトラブルを回避するため

に仕方のないことで、よっぽどのことでもない限り守られる基本的なルールである。

だが実力のある冒険者でお人好しなルルーさんは、疲労困憊《こんぱい》であり得ない軽装な彼らをほっとけなかったらしく、俺たちに待機を命じたあと、警戒しながらも彼らに声をかけた。

「よー、ちょっと聞きてーんだけど、なんでお前らそんなに疲れてる上に、荷物少ねーの？」

声をかけられて初めてルルーさんに気付いたかのように驚く彼らは、

「ああ！　あんた、Aランクの迅風だろ？　頼む！　助けてくれ！　俺たちアバドの奴らにやられて、荷物を全部奪われちまったんだ！」

「あー、お前ら被害者かよ？　アバドの奴らなら、さっき転移陣に乗せて入り口に送り返したぞ？」

「そりゃありがてえ！　だが俺たち、武器も取り上げられて転移部屋までどうやって行こうかって途方に暮れてたんだよ。何度か素手での戦闘を試したんだが、ラビットくらいならなんとかなるんだが、ウルフやベアーには全く敵《かな》わなくて、休憩所から出られなくなっちまって。悪いんだが、予備の武器を持ってたら売ってくれないか？　使い捨てる寸前の物でも構わないから！　金が足りなければ、ここを出たあとにギルドを通しての支払いでも構わねー！　頼む！」

アバドたちが倒されたことに喜びと安堵の表情になった彼らは、ルルーさんに武器を売ってくれと頼んでいる。

ダンジョン内での商売は違法ではないけど、同じ商品でも外の値段の倍以上が相場になる。

更に深い階層に行けば、更に3倍5倍なんてことも。

危険な場所での商売なので上乗せされてしまうんですね！　食料品なんかは5倍が相場。

ってなことをディーグリーがこそっと教えてくれるのを聞きながら様子を見てれば、ルルーさんがこっちに来た。

「あー、奴らは割と顔の知られたBランク冒険者のチームで、悪い噂は聞かない奴らだから武器を売るのは構わないんだが、俺は予備の武器を持っちゃいねー。奴らに売っても構わない武器を持ってる奴はいるか？」

「俺は模造剣は何本か持っているが、それじゃあ役に立たんだろう？　他はちょっと差し障りがあるし」

王子の持つ武器ですね！　高いやつですね！

「私はそもそも武器と呼べる物を持っていませんし」

棒は鈍器だけどね！

「あー、短剣なら何本か売ってもいいけど？」

ディーグリーの言葉に、Bランク冒険者の1人が喜んでいる。短剣使いですか？

流れで皆の視線が俺に向けられたので、以前森の肉狩りの時に拾ったオークの斧《おの》をそっと出

してみた。

「お前さんが装備するには無理があるんじゃないか？　なんで持ってた？」

ルルーさんが呆《あき》れた顔で聞いてきたので、

「もりでひどった（森で拾った）」

「あぁー、オークの斧か！」

合点《がてん》がいった様子。

なので彼らは短剣を何本かと、オークの斧を通常価格の倍の値段で買ってった。

オークの斧を持ったリーダーが、ちょっとヨロヨロしてたけど大丈夫？

3メートルの筋肉ダルマが持ってた斧だからね。頑張れ！

追い剥ぎのような奴がいて、その被害者がいて、その対処をして。

なんだか初ダンジョンのワクワク感がだいぶ削がれてしまったので、ここは一つ気分を変えるためにおやつタイムを設けましょう！

テントやキッチンを出すのは面倒臭いので、久しぶりに魔法だけで簡単にね！

簡単なシートを広げてその上に折り畳みテーブルを出し、材料を並べただけで、助が何を作るのか分かったのか、いそいそと卵を割り出す。

最初卵は1個しか出してなかったのに、足りないって言われて全部で3個も出した。

泡立てるからものすごく膨《ふく》らむのに、こんなに食べるの？

まあ、焼いてすぐにマジックバッグに入れちゃえば、アツアツのまま保存できるからいいけど。

何度も作っているので、目分量でも大量に作れるようになったし！

卵白と卵黄をバリアなボウルに分けて入れて、卵白を泡立てる。

魔法なので、あっという間。

材料を見て、フワモコの卵白を見てディーグリーが参戦。

生地を熱したバリアに落とす頃には、当然のようにディーグリーが配置に着いてる。

アールスハインが皿を並べ、ユーグラムがお茶を淹れる。

ルルーさんだけが置いてきぼりで突っ立ったまま。

半透明のバリアの中で膨らんでいく生地を真剣な目で見る面々。

蓋《ふた》のバリアを消せば、素早い動きでひっくり返すディーグリー、更に真剣な目で見る面々。

更に膨らむ生地。

その間にトッピングの用意。

ジャム数種と生クリーム、バターとハチミツ。

膨らみが落ち着いて焼き色も完璧な、

「おおー！　ほっちょけーち久しぶり～」

「ブフゥ、フハッ！　ほっちょけーちって！　ナハハハハハ！」

笑われてるディーグリーの発言に助が爆笑しだした。

ディーグリーの発言にディーグリーが何を笑われてるのかを理解していなくて、キョトンとしている。


「え～なに～？　なんで俺笑われてんの～？」

「ナハハ、フハッ、いや、ディーグリーがケータの口調になってて笑う！」

「ええ～？」

「フハッ、これはホットケーキ、温かいケーキってこと！」

「ああ～、ケータ様の口調で言ったから笑ってるってことね～」

「フフッ、可愛らしくていいではないですか？」

「あ～、でもケータ様なら可愛いけど、俺たちが言うのは可愛くないね～。笑われてるし！」

「ぶふっ、他にもあるかもよ～？」

「え～？　その度に笑われるのは納得いかないな～？」

「まあまあ、それよりもできたので食べましょう！」

ユーグラムが皿に盛った物を全員に配り、一斉に食べ出した。

はい、全員が貪《むさぼ》り食ってます。

ルルーさん以外は、お上品に食ってるけど、その速度が異常です。

皆ちゃんと噛んでんの？　と疑問に思うほど。

ルルーさんもほぼ呑み込んでるよね？

久々に食べたホットケーキに、最初の一口で固まって涙流しだした時はギョッとしたけど、そのあと皆に負けじとものすごい早さで食いだした。

餓えた獣のようだね！　ダチョウの卵よりデカイ卵3個分使ったホットケーキが、あっという間になくなりましたよ？　食い過ぎて動けなくならない？

そんな心配は無用でした。


その後、気を取り直して探索の再開。

ダンジョンによって違いはあるらしいけど、このダンジョンは、だいたい5階層ごとに魔物の強さが変わるらしい。

なので5階層ごとに1回戦って、強さの確認をしてから進むことに。

ということで早くも30階層のボスです。

ここまでは特に強い特殊個体なんかは出てこなくて、森の魔物と同程度の強さだったのでまだ余裕があるんで、先へ先へと進んできたわけなんだけど、30階層のボスは特殊個体の熊でし

た。黄色と緑の熊が2匹。

色つきの魔物は普通の魔物より強いし、たまに魔法を使ってきたりするらしい。

まあ特殊個体と言っても熊なので、多少硬いかな～？　くらいで倒せたけどね！

ボス部屋は人がいる間は、ボスが再び現れることはないそうなのでここでお昼ご飯に。

何せ肉を大量に持ってるからね！　マジックバッグに余裕はあるけど、少しでも消費しないとね！

ってことで、ルルーさんに米の初披露でっす！

メニューはしょうが焼き！

たっぷりの千切りキャベツとトマトを付けて、具たくさんのお味噌汁と一緒に、ご飯！　ほっかほかのご飯！　久しぶり！

最初ルルーさんは、ご飯を前にとても不審そうな顔をしてたけど、周りがガツガツ食ってるので、恐る恐る一口食べて、噛んで、泣いてた。

なぜ？　理由は分かんないけど、まあその後すぐにガツガツ食いだしたので問題ないだろう。

素晴らしくいい食べっぷりを披露して、お茶を呑んで一休みしたらまた探索の始まり。

30階層、35階層、40階層でそれぞれ一度ずつ戦闘を行ったが問題なく、ちょっとずつ魔物が硬くなってたけど、魔法を使われることはなく魔法剣による対処で進められた。

そして45階層。

階段を降りた途端、魔法で攻撃を受けた。

バリアに弾かれて魔物にダメージ行ってるけど。

出てきた魔物はゴブリンと言われる小人な魔物。アンネローゼより少し大きいくらいの、緑の肌の耳の尖《とが》った魔物。

腰布と棍棒を持ったのと、弓を持ったの、汚い布を被《かぶ》って杖《つえ》を持ったの。

杖を持ったのが魔法を撃ってきた。

魔法と言っても簡単な火魔法玉だけど。

ルルーさんも含めて全員バリアを張っているので、難なくクリア。

50階層のボスはゴブリンがいっぱい。

問題なくクリア。

あまりにサクサク進むので、張り合いがない。

ディーグリーが愚痴を溢《こぼ》せば、ダンジョン経験者のルルーさんと助がニヤニヤしながら、次の階を楽しみにしていろ、とか言う。

ボス部屋を出て暫《しばら》く歩くと、魔物を発見。

出てきた魔物はゾンビ。

とても臭い!! ヤバイ! 臭いい!

思わずバリアに消臭をかけたよね!

その臭いゾンビは、同じように臭さにやられたユーグラムの魔法で燃やされたけど、痛みを感じていないのか、構わずこっちに向かってきた! しかも生臭い腐った臭いにプラス焦げる臭いまで加わったらしく、俺以外がものすごく苦しんでおります!

でも倒さないことには先に進めないので、ディーグリーと助が突っ込んでいって斬り付け、その後をアールスハインが、ユーグラムが更に魔法で追撃。

ゾンビ意外と硬いです。

硬いって言うか、痛みを感じないのか、傷付いても構わず突っ込んでくるので苦戦した模様。

ディーグリーと助のバリアを破られてたし。

あとから聞いたら、50階層からは魔物が一気に強くなるそうです。

50階層の休憩所にいったん避難して、まずは臭いを落とすために洗浄魔法。皆は自分でできるのでルルーさんには俺がかけました。大興奮してました。

「ユーグラム～、ゾンビ焼くの勘弁して～」

「…………あれは失敗でした」

「うん、ただでさえひどい臭いが更にひどくなったね～」

「うん、それがいいかも〜。あ！　ついでに次からは虫も凍らせたらいいんじゃない？」

「次は凍らせます」

「…………余裕があれば善処します」

「反射で燃やすのやめてね！」

ゾンビのドロップは小銭。

臭いさえ気にしなければ、問題なく倒せるので先に進みます。

天井スレスレを高速で通過して55階層へ。

55階層からの魔物は、なんか幽霊？

やたら存在感のある幽霊で、レイスって言うそうです。

この魔物は、物理攻撃が効かなくて魔法でのみ倒せるそうです。

魔法剣は通じるんだけどね！

なのでサクサク進む。

レイスのドロップはなんか黒い玉。

これを相手に投げつけると、一定時間相手の視力を奪えるらしいよ？

60階層のボスはゾンビとレイスがワチャッといました。

とても臭いい!!

思わずユーグラムよりも先に凍らせちゃったよね！　加減を間違えて部屋ごと凍らせちゃったけど！

「えへ！」

「えへ！　じゃねーから！　加減間違えてんじゃねーよ！　こっちまで凍ったら危ないでしょーが！」

「あーい、ごめちゃーい」

凍ったまま一定時間が経つと、倒したことにカウントされたのか、パリンパリンと氷が割れて小銭と黒い玉が散乱してた。

本日はここまで。

テントを出して夕飯の準備。

夕飯は、ご飯にいたく感動してたルルーさんのために、以前森で取ったドードーの肉で親子丼を作りました！　キューリの浅漬けと具だくさんのお味噌汁で召し上がれ〜！

これぞ丼の食べ方！っ　て感じのかっ込み方で食べるルルーさん。それがやたら美味《うま》そうに見えたのか、助が真似をして、ディーグリーが真似をして、アールスハイン、ユーグラムも真似をした。

ユーグラムが丼をかっ込む姿は、激しく似合わなかった！

巨大フライパンいっぱいに作ったのに、まだ足りなくて、追加を作った。

皆の腹がはち切れそうです！

食休みのあとはお風呂に入って就寝。

◆◇◆◇◆

おはようございます。

ダンジョン内なので天気は知りません。

テントで目覚め、リビングスペースに寝てたルルーさんを踏みそうになりました。

やはり柔らかいベッドは苦手だそうです。

いつもは枕元にいるソラとハクがいなくて、テントの外に出てみると、ボス部屋の外に虫の魔物が小山になってました。

見覚えのある小山ですな？

小山の前にはソラとハク。心なしかドヤ顔。

うん、演習の邪魔をしないように我慢してたのね！　うちの子賢い子！　撫でて褒《ほ》めまくったらラニアンが拗《す》ねました。

ラニアンはまだ赤ちゃんなので、夜は寝ないとね！　って言ったら渋々納得してました。

小山を片付けて、テントに戻って朝食の準備。

朝はパンとスクランブルエッグ、でっかいソーセージ、コンソメスープ、サラダ、以上。

本当はオムレツを作りたかったけど、助が失敗しました！

ボス部屋を出ると虫の魔物の階なので、ユーグラムのためにもバリアを張って全力で通りすぎました。ダンジョンで火魔法連発とか洒落《しゃれ》にならんので！

5階層分通り過ぎるまで、ずっとユーグラムがフフフフフッてしてました！

ルルーさんがドン引きしてた。

が、しかし！　65階層からの魔物が！

64階層までは細かい虫魔物がワチャッと大量にいたのに、65階層からは蜘蛛《くも》やら蝶《ちょう》やら百足《むかで》やらが巨大化しておりました!!

特に虫嫌いでもない俺でもオエッってなったのに、ユーグラムが見たら大変なことに!!　と思ったのだけど、ユーグラムは特に変化なし!?

なぜ!?

「ユ、ユーグラム、大丈夫～？」

恐る恐るディーグリーが尋ねれば、ユーグラムは平然と、

「ええ、大丈夫ですが？」

と答えた。声も普段通り令嬢たちの腰を砕けさせる低音ボイス。

「ええ！　大丈夫なの？　虫だよ？　巨大な虫がワチャワチャいるよ⁉」

ディーグリーも驚いたのか、焦り気味に確認してる。

「ああ、そのことですか。私が嫌いなのは、細かく醜い生き物が群れを成している様です。虫だとしても、巨大化して、群れていないのなら平気です」

変な拘《こだわ》り？　があるようです？

「へ、へ～そうなんだ～？　え？　でも前に、蟹にものすごく反応してたよね？」

「あれは突然でしたし、食卓にあり得ない物が載っていたので驚いただけです」

「ああそう。まぁあれは俺もだいぶ驚いたけど！　あ、ちなみに聞くけど、可愛い小動物の群れは？」

「ああ！　それはトキメキますね！　フフフ」

低音ボイスでトキメキとか言ってますよ？　こっち見てるし！　まあ小動物多いけども！

あまり詳しく聞くものでもないと全員が判断したので、そのまま戦闘へ。

虫の魔物は固かった！

あと、血が毒とか酸とかのもいて、その対処にずっと治癒《ちゆ》魔法を使ってました！

ディーグリーはスピード重視なので被弾は少なく、その後に続く助とアールスハインが毒やら酸で大変なことになってた。

バリアって酸で溶けるのね？

ユーグラムの魔法は高威力で魔物に効くんだけど、毒やら酸やらを撒き散らして果てるので、被弾を免れてたディーグリーまで大変なことに！

結局、魔法剣で切るのが一番被害が少なく済むことに気付き、時間はかかったけどなんとか遅い昼ご飯の時間には70階層のボス部屋に到着。

ボス部屋は、巨大虫魔物の巣でした。

広さも今までのボス部屋より広く、その中にいっぱいの巨大虫魔物。オエッってなるね！

まず部屋に入った途端ユーグラムが氷魔法を連発、大量にいた虫魔物の8割が凍った。

逃れた虫魔物をディーグリーと助が倒し、アールスハインが氷に剣を突き立てて回った。

「フム、思ったよりも早く済みましたね。氷魔法は有用なようです。今後は威力を上げる訓練をしましょう！」

「張り切ってるところ悪いけど〜、もうちょっと早く気付いてほしかった！」

「フフフ、何事も経験ですね！」

「まあ、皆も気付かなかったけどさ〜。あ〜お腹へった〜」

「そうですね、道中で少々時間をかけすぎました」

「あ～、ケータ、素早くパパッと食える物希望！」

「あいあい」

なので朝の残りのコンソメスープに野菜とベーコンを足して、具だくさんスープと、バゲット的なパンにステーキと野菜を挟んだステーキサンドを出しました。

ステーキソースは料理長と作った特製なので、手抜きだけど美味《おい》しいよ！

ちなみに巨大虫魔物のドロップは、巨大虫そのものでした。

ルルーさんの話では、虫魔物は素材も血も内臓も、いろんな使い道があって高値で買い取ってもらえるそうです。

ちょっと長めに休憩をとって探索に戻る。

ボス部屋を出てしばらく歩く。

通路が広くなっていることに気付いたディーグリーが、

「あ～、これって何か大きい魔物の出現～？」

「でしょうね」

「面倒臭いやつじゃないといいけど～」

「そんなことを言ってる間に出ましたね、面倒臭いのが」

言いながらユーグラムが魔物に向けて麻痺《まひ》と眠りの魔法を放つ。

現れたのはオーク2体。

森でも会ったけど、オークは豚顔の巨人って感じの魔物。

70階層の敵と考えると硬そう。

森でも苦戦してたし、一度に2体は大変そうだが、最初は見てましょう。学園の演習だしね。

ユーグラムの魔法で1体は麻痺も眠りも効いたみたいで、その場に倒れてガーガー言いながら寝てるけど、もう1体は眠りにはかからなかった様子。手足をブンブン振ってるから、麻痺にはかかったが、痺《しび》れる程度で動けるみたい。

まずディーグリーが走り寄り首に切り付ける、が傷は浅く、同じ所を続けて助が切る。血はだらだら流れるし、闇雲に暴れだしたオークに、アールスハインが後ろ首を切り付ける。

これもまた致命傷には至らない。

ユーグラムが土魔法でオークの目を狙い砂粒をぶつけ、怯《ひる》んだところをディーグリーが足の腱《けん》を切る。

膝をつくオーク。アールスハインがまた後ろ首を切り付けて、また更に出血が多くなる。

貧血でフラフラするオークに止《とど》めを刺したのは、ディーグリーの首への一撃。

首が半分ほど切れた時点で、オークの目が白目をむき、ドォッと仰向けに倒れて、しばらく

ビクビクしたあと動かなくなり、一瞬靄《もや》に包まれて、ドロップしたのは皮と睾丸《こうがん》と肉。

睾丸は栄養剤や精力剤になるそうです？　飲みたくないね！　飲む必要もないけど！

オークの肉は、あれ、高級ブランド豚みたいな肉です。柔らかくていい肉です！

そして呑気《のんき》に寝ている残ったもう1体は、助が試しに肉体強化をした上で魔法剣で首を切ったら、両断されてビックリ！

この階からは肉体強化も積極的に使っていくことになりました。

肉体強化を使うと途端にヒャッハーしだす面々を、魔道具とボードに乗った俺とルルーさんが追いかけるなにか。

もちろんドロップ品はちゃんと拾いますよ！　柔らかい肉だからね！

「ナハハハハハハ！　イヤッホーイ！」

「アハハハハハハハハ！　ハッハー‼」

「フフフフフ、フフフフフフフフフ、フフ」

ルルーさんがドン引きです。

俺も引いてます。

「なーよー、ケータ様、あれはどうにかならんのか？」

「なりぇれば、おしゃまるとおもったんらけどねー（慣れれば収まると思ったんだけどねー）」

「ずいぶん慣れてる様子だが、収まんなかったと？」

「ねー」

「俺も教えてもらってから訓練しちゃいるが、あーなるのはどーかなー？　ちっと考えもんだな」

「ほーにんたちは、しゅごくたのちそーよ？（本人たちはすごく楽しそうよ？）」

「あーなー、それはいいんだけど、俺は基本ソロだから1人で闘ってんのに、あの状態になるのはどうかと思ってよ」

「へんたいらね！（変態だね！）」

「そー言うなよ！　まあなんとかならんかいろいろやってみるけどよ！」

「ばんばれー！」

応援はしてますよ！　無理だろうけど！

ヒャッハーな面々が、階層にいる敵を殲滅《せんめつ》する勢いで狩っていく。肉も大量にゲットできたので、そろそろ下の階に行きたいのだが、盛り上がり過ぎて話を聞かない奴らをどうしましょう？

ルルーさんと相談して、階段近くに行ったら突き落とす作戦に。

肉体強化してるし、階段を落ちたくらいでは怪我《けが》もしないだろうと決定されて、階段を通り

かかった途端、バリアで突き飛ばすように下に追いやった。

ゴロゴロ転がり落ちる面々。

「「「ヒャハハハハハハ!!」」」

「フフフフフ、フフフフフフ」

楽しそうで何よりです?

笑いながら階段を転がり落ちる奴らには、恐怖しか感じない！

距離を取って付いていくけど、距離が離れるのは仕方ないと思うの。

転がり落ちて止まった地点に、棍棒を振りかぶるオーク。ビョンとバネのように飛び上がり、心臓の位置に短剣をぶっ刺すディーグリー。

棍棒を振りかぶったまま後ろに倒れるオーク。

オークがドロップ品に変わる頃には、他の３人は次の獲物に向かって走り出している。

普段は遠距離から魔法を撃つだけのユーグラムが、杖を棍棒に替えてオークを殴《なぐ》り倒すのはどうかと思うの。

殴ったただけでは致命傷には至らずに、助が止めを刺している。

そうして次々に魔物を倒していく。

この階でも殲滅に走りそうなので、階段を通りかかる時に突き落とす。

3階層ほど下った先でやっと肉体強化の魔法が解けた助とディーグリー。魔力が一定以上減ると、自動で解ける肉体強化。

ユーグラムとアールスハインはまだ行けそう。

そんな2人を客観的に見た2人が、なんかドン引きしております。

さっきまで自分たちも仲間だったくせに？

そしていまだヒャッハーな2人がオークを狩る姿に凹《へこ》んでおります。

さっきまでの自分の姿を反省してる？

そして休憩所を通りかかったので、バリアで突き飛ばして、そのままバリアで拘束。

しばらくすると落ち着いたのか、自ら肉体強化を解いた2人を、バリアを解いて解放。

アールスハインとユーグラムが膝を抱えております。

ヒャッハーしてても泥酔してるわけじゃないから、記憶は鮮明にあるからね！

本日の探索はここまでで終了。

主に精神的疲労のため。

なのでテントを出して夕飯の準備に取りかかります。

今日のメニューはトンカツ！

オークの肉が大量にあるからね！

凹んで疲れている助は役に立たないので、ルルーさんが手伝ってくれました。

手順を説明すれば、面倒臭そうではあるけど、仕事は丁寧《ていねい》にやってくれる。

意外と器用なルルーさん。

ジュワジュワと揚がるトンカツに助のテンションも上がり、手伝いだしたので、味噌汁を任せる。

千切りキャベツとトマトを添えて、料理長と苦労して作り上げたソースをかけて、いただきます！

もともと固くて俺では歯が立たなかったパンを、摺りおろして作ったパン粉は、ザクッとした食感で、その衣に包まれたオーク肉は、前世の高級ブランド豚と遜色《そんしょく》ないほど柔らかい！

不味《まず》いはずがない！

揚げ物はいろいろあるけど、今までは肉が固くてトンカツをする気にならなかったんだけど、オーク肉いいね！　文句なく美味い！

凹んでたのに、音と匂いに釣られ、素早くテーブルをセッティングして食べる気満々の奴らは、見たこともない料理を恐る恐る一口食べたあとで、無言でガツガツしだした。

俺は1枚の半分も食べれば腹いっぱいになったのに、皆は10枚くらい食ってる。

油ものをそんなに食って、胸焼けとかしないんですか？　若さですか？　この世界の住人は

胃が頑丈ですね⁉

食後のお茶を飲みながらまったりしてると、今日の行動なんかは気にならなくなったらしい。

それもどうかと思うけど、まあ、強いことには変わりないのでいいのか？

本日はそれで終了。

あまりに肉が美味かったからか、この階層からは肉体強化の訓練も兼ねて、ゆっくりと行くことに決定。

それ、食い意地が優先されてね？　と思ったのは内緒。

◆◇◆◇◆

おはようございます。

天気は知りません。

ダンジョン生活4日目の朝です。

今日は夕方まで魔物を狩ったら、一旦学園に帰ります。

昨日同様テントを出ると、オークの肉の塊が小山を作っていました。

小山の前にはご機嫌に尻尾を揺らすソラと触手を振るハクがいます。

普段は浄化した魔物の肉を好む2匹ですが、この前トンカツをガン見していた2匹にあげてみたところ、驚くほどの食欲を見せ、その夜は夜通しオークを狩っていた2匹です。

昨日の朝は小山は3つほどありました。

なので今日はちょっと控えたのかな？

2匹は他の料理にも嵌《は》まったらしく、食事は同じメニューの味薄めってことになりました。

なお、ラニアンは調理した肉より生の方がお好みです。

肉をしまい、朝ご飯の用意。

メニューはだいたいパンとサラダとスープと卵とソーセージかハムかベーコンを焼いたもの。

お茶を飲んで出発。

75階層からの魔物もオーク。

だが中には特殊個体も混じりだし、固くなって、たまに魔法を使うやつも出てきた。

今のところ、肉体強化で間に合ってるし、オークの魔法はユーグラムが相殺してるので問題なし。

今日は無理をせず80階層のボスまで行って終了の予定。

75階層からの特殊個体のオークの肉は他のオークと変わらなかったけど、皮はなんか高値で買い取ってもらえるそうです。

無理せずゆっくり進んでいるので、79階層でお昼休憩。

階を下りるごとに特殊個体が多くなってきたかな～？　と思ってたら、80階層のボスは特殊個体のオークが10匹。

しかもなんかいかにも固そうに黒光りしてる。

今までのオークの武器は木製の棍棒だったのに金属の棍棒になってるし、中には鬼の金棒みたいにトゲトゲしてるのもある。

これは苦戦しそうね？

ユーグラムが状態異常の魔法を連発。

半分は状態異常で動けなくなり、半分は半端にかかったのと、全然かかってないの。

ルルーさんと俺はまだ見学。

危なくなったら助けるけど、ある程度は本人たちに任せる予定。

この2日間訓練していた氷魔法をユーグラムが撃つ。

状態異常のかかってるオークは完全に凍りつき、残りの5匹中2匹は氷の中で身動きが取れない様子。

残り3匹は半分だけ凍って、自力で氷を割って出てきた。

その動ける3匹に、ディーグリー、助、アールスハインが攻撃を仕掛けていく。

流石に金属の棍棒とまともに打ち合うことは避け、上手に受け流しながら攻撃を入れていくが、単純に固いのか、いまいち深傷《ふかで》は負わせられない様子。

それでも動きを制限するためか、関節や目などを狙って攻撃を仕掛けていく。

致命傷は負わせられないが、動きを制限するような攻撃はディーグリーが得意。

膝裏の腱を切断はできないものの、雷の魔法剣で切り付け、痺れさせることに成功。両膝を付かせ、肩の腱を切りつけ両腕も使えなくしたうえで、首を刈りにいった。

しかし固くて中々深傷を負わせられない。

そこでディーグリーは動けなくなったオークを放置して、すぐ近くのアールスハインと対峙するオークに向かい、獲物の交換をするように攻撃をしだした。

アールスハインもその意図を理解して動けないオークの元へ行き、渾身《こんしん》の魔法剣で何度か切りつけ、首を落とした。

役割が決まると戦闘が楽になった。

ディーグリーが動けなくしたオークの首を助も無事切り落とし、3匹のオークは終了。

それと同時に状態異常にかからなかったけど氷に閉じ込められてた2匹が自力で氷を溶かして出てきた。

2匹は魔法を使う個体だったらしい。

土魔法で作った槍で攻撃を仕掛けてくるのを、華麗に避けきったディーグリーがアキレス腱を切りつけ、膝を付かせる。

が、オークも全身に火魔法を纏《まと》うように展開し、近づけなくなった。

アールスハイン、ディーグリー、助が距離を取ったところに、ユーグラムの魔法がオークに着弾。

大量の水魔法をかけられ消火されたオークに、3人が一斉に攻撃を仕掛け、無事討伐完了。

残り5匹はいまだ氷の中だが、死んではいないようで、所々氷に罅《ひび》が入っている。

当然出てくるのを待つわけもなく、氷の上から火魔法を纏わせた魔法剣で心臓の辺《あた》りを一撃。

アールスハインと助は一撃で倒せたが、ディーグリーは短剣のため長さが足りず、雷魔法の剣で止めを刺してた。

残り2体もアールスハインと助が止めを刺して終了。

ディーグリーとアールスハインが多少打ち身を作ったくらいで全員無事。

ルルーさんがちょっと物足りなさそうな顔をしてるけど、本日はこれで終了です。

転移部屋で登録して、転移。

ダンジョン入り口の横の小部屋（？）に無事転移して、ダンジョンの砦にあるギルドで査定してもらう。

今回は、アールスハインたちが狩った魔物と、ソラとハクが狩った魔物を分けるためにマジックバッグを1個余計に持ってきた。

なのでアールスハインにマジックバッグを渡し、俺はルルーさんと別の窓口へ。

ルルーさん同伴なのは、俺一人では相手にしてもらえないからだ、おのれ！

肉は出さずに、虫の魔物の小山と、オークの皮の山を出す。

なぜか去年に続いて王都ギルドの副ギルド長がいて、小躍りしてる。

窓口のお姉さんがドン引きしてますよ？

大きい虫も小さい虫も大量で、ユーグラムが入り口から動かなくなった。

アールスハインたちの査定は後日、学園経由で支払われるので、俺だけ時間がちょっとかかったけど無事終わり。ルルーさんも適正な金額であることを確認してくれたので、受け取って終わり。

学園の馬車は朝と夕方しか来ないので、ボードに乗って王都へ。

街門で一旦下りて通過したらルルーさんと別れ、またボードで学園へ。

担任のチチャール先生に無事帰還の挨拶をして、ダンジョンの進捗状況の報告も行う。

80階層まで行ったことを伝えると絶句してた。

職員室にいて、聞いてたカイル先生が爆笑してた。

「アッハッハッ、だから言ったろー？　こいつらをその辺の生徒と一緒にしたらダメだって！　だからAランクの冒険者付けろって言ったのが、正解だったろー？」

ルルーさんが来たのは、カイル先生のせいだったのね。

「まさか、4日で80階層まで行くなんて、誰も思わないじゃないですか！　なんですかそのスピード！　ただ走ってるだけでもそんなに行きませんよ!?」

「だからよ、こいつらは独自の移動手段を持ってるから、早いぞって言ったろー？」

「なんですかその移動手段とは!?　王族特有の物ですか!?　聞いてませんよ、そんな物！」

「いやいや、王族特有じゃねーし！　俺も持ってるし、見せたことあるだろー？」

「？　見てませんが？」

「これだよこれ！」

カイル先生が机の横に立てかけてあったボードを見せると、

「？　確かにその板は見た覚えがありますが、それではスピードを出すのは無理でしょう？」

「…………………」

カイル先生が無言でそっぽを向いてます。

まだろくにスピード出せないのね！

「先生〜、そのボード、鳥より早く飛べるよ？」

「？　そんなことが可能なんですか？　カイル先生は歩く速度で飛んでましたが？」

「ブフッ、それはカイル先生が魔力操作が下手だからだよ～」

「クソッ、テメー今に見てろ！」

「…………少し見せていただいてもいいですか？」

「ど～ぞ～」

ディーグリーが自分のボードを渡せば、繁々《しげしげ》と眺《なが》めて、

「これは！　魔道具ではないですか！」

「そ～ですよ～？」

「書いてある文字は読めませんが、どんな作用の魔道具なのですか？」

皆して俺を見るので、

「じゅーりょきゅけーげんと、まーりょくそーさ、あんじぇんかくほとー、あとにゃんだっけ？

(重力軽減と、魔力操作、安全確保、あとなんだっけ？)」

「ええ！　１つの魔道具に複数の作用を持たせられるのですか!?　ところでなぜあなたが答えるのですか？」

「そりゃー製作者だからな」

内緒にしろって言ったカイル先生がペロッと喋《しゃべ》った。

まあ俺が答えてる時点でバレてるだろうけど。

「はあ？　この子が？　魔道具を作った？　馬鹿言わないでください！　魔道具の製作は、大学園の試験に合格しないと許可が下りないのですよ⁉」

「ああ、お前落ちてたもんな？」

「それは今は関係ないでしょう！」

「あ〜、先生、ケータ様ってば、その試験受かってるんだよね〜」

「はあ？　このお子様が？　あり得ない！」

「だから言っただろう？　このお子様はただもんじゃないって！」

「それにしたって！　…………本当にこの子が作ったんですか？」

「学園中に設置されてる監視魔道具もこいつが作ったぞ？」

なぜカイル先生がドヤ顔なのかは疑問だが、チチャール先生にガン見されております。

目が血走ってて怖いです！

「本当の本当にですか？」

「何回確認しても本当だな〜？」

俺以外も全員うんうん頷《うなず》いてるのに、チチャール先生ってばまだ疑ってる様子。

「…………………念のため、確認させていただいてもよろしいですか？」

血走った目でこっちを見ながら取り出されたのは、いつかテイルスミア長官に渡された迷路の彫られた金属板。

「これは大学園の試験に使われる物と同じ物です。試験に合格されたのなら使い方は分かるはず、どうぞ！」

前に見たことのあるアールスハイン以外が不思議そうな顔をしてるが、意地悪なのか説明もない。

先生は片手で差し出してきたけど、俺は片手では持てないので、渡された物を机の上に置く。

机を傷つけて文句を言われるのは嫌なので、金属板の下にバリアを1枚噛ましてある。

指先から高温のレーザーみたいに火魔法を使い金属板を切っていく。

程なく切断された金属板を冷まし、両手に持ってチチャール先生に差し出せば、金属板を見て、俺を見て、金属板を見て、俺を見て、を何度か繰り返し、膝から崩れ落ちた。

「おう、お前ら、そいつはほっといて戻っていいぞ！」

カイル先生の許可が出たので職員室をあとにして、お風呂に入ったあとに、また調理室に集合して、ダンジョンのオーク肉で夕飯を作った。

メニューは焼き肉とご飯とスープ。

レタスみたいな葉物野菜に巻いてパクッとね！

ニンニクと生姜とゴマの効いたタレがとても合うね！　甘さは梨を使いました！　まあ異世界なので、みんなモドキ食材だけど、味は割と再現できてると思うよ！

ソラとハクも、タレを少なめにしてバクバク食ってるし、お供のご飯も大量に消費されている。

好評のようで何よりです。

あとは部屋に帰って風呂入って寝ました。

◆◇◆◇◆

おはようございます。

今日の天気は晴れです。

なんだか久々に空を見た気がします。

ダンジョンに籠っている間は、だいたい俺主導のご飯だったので、食堂の朝ご飯が微妙です。

シェル以外の全員の食が進みません。

シェルがとても不思議そうな顔をしてたので、助がわけを話すと、ものすごく悔しがってた。

お昼はまた調理室に行くことになりそうです。

ダンジョン演習の生徒は、ダンジョン4日、休み2日って日程で動いています。

ダンジョンでの演習は、過酷ってことだからね。

長く泊まり込むほど点数が加算されるシステムだけど、現実はそんなに長くは泊まり込めません。水や食料の補給とか、装備の補修とかね。

それらを全部持っての移動とか戦闘は、過酷以外の何物でもない。

4日分の水だけでも結構な重さだからね。

その辺は俺たちは全員マジックバッグ持ちなのでとても身軽だけども。

ディーグリーと助はたまにそれで絡まれるらしいけど、助は王子の護衛だから城から一時的に預かってるって言ってるらしい。

ディーグリーは去年の演習で自力で手に入れたマジックバッグなので、それを売れ！　とかは言われるけど、学園にも報告が上がっている以上、強制はできないようだ。

俺たちは安全快適なテントがあるし、武器も魔法を纏わせた剣なのでほぼ破損しないって言うね！

なので5日目の今日は完全な暇。

実戦もやりまくりなので、訓練も休み。

じゃあ何する？　ってなって、久しぶりに古魔道具屋巡りをしよう、ってことに。

一応まだ他の生徒は演習中なので、先生の許可をもらいに職員室へ。

チチャール先生に許可取りに行ったら、古魔道具屋さんに興味津々《しんしん》。チチャール先生は魔道具屋さんには頻繁に行くけど、古魔道具屋さんには行ったことがないそうです。

同行したそうなチチャール先生を止めたのは名前も知らない他の先生。

チチャール先生は、何かすごく悔しそうに諦《あきら》めてた。

ボードに乗って近くの古魔道具屋さんへ。

空から見ると、王都内で演習してる学園生をチラホラ見かける。

こっちに気付いて手を振る生徒に手を振り返して、古魔道具屋さんに到着。

馴染《なじ》みになりつつある古魔道具屋さんも、俺たちの顔を見るなり軽く声をかけて奥へ行ってしまった。

まあ、箱を持ってすぐ戻ってきて、次々に品物を並べだすんだけど。

久々なのでいっぱいあるのかと思ったら、元女神がウザいので、他の店から押し付けられたらしい。

元女神だけなら軽く追い返せるんだけど、キャベンディッシュも同行して、しかもその取り巻きまで来てギャンギャン言うらしい。

そりゃウザいね！

なので平民街までの古魔道具屋さんは、ここ以外呪いの魔道具は置かなくなったらしい。

こっちは1カ所で済むので楽だけどね。

ということで、全部買って帰ったよ！

あとはスラム方面だけど、ついでに魔王な少年の様子も見ていくことになった。

空からスラムを見ると、ゴチャッとした建物が雑多にある感じ。

そのスラムの外れには、新しく平民？　貧民？　向けの学校が早くも建てられようとしている。

魔法のある世界なので、重機などなくても建築が可能で、そして早い！　すごい！　建物の外観がほぼできている！　学校の話が出てまだ3週間くらいなのに！

学校を横目に魔王な少年のいる建物の近くに着地。

建物の入り口に近づくと、こっちに気付いた子供が慌てて中に入っていった。

程なくしてリーダーな少年が出てきて、

「お、あんちゃんたち何しに来たんだよ？　暇なのか？」

「そ～、今日は暇だから、少年の様子を見にきたんだよ～。どう？　その後元気にしてる？」

「ああうん、元気元気！　さっき丁度戻って来たから顔見てけば？」

そう言って先導するように歩きだしたので、付いていった。

前にも行った広間のような所に、他の子供たちと一緒にいる魔王な少年を発見。

種族特性なのか褐色肌で顔色はいまいち分からないが、血色はよさそう。

「あれ～お兄さんたち、何しに来たの～？」

能天気に声をかけながら近づいてくる魔王な少年の頭をポンポン撫でながら、ディーグリーが、

「今日は暇だったから、君の様子を見に寄ったんだよ～。どう？　その後痛いとか、苦しいとかはない？」

「えー！　そうなの？　ありがとう！　全然痛くも苦しくもないよ！　皆と簡単な仕事もできるようになったし！　今日もねー、さっきまで…………」

それはそれは楽しそうに誇らしそうに話す魔王な少年は、とても健康そう。

微笑《ほほえ》ましく見ていたら、リーダーな少年が近づいてきて、

「あのー、さ、聞きたいことあるんだけど……」

「ん～、なになに？　俺らで分かることなら答えるよ～」

「……………前にあんちゃんが言ってた、がっこうのことなんだけど、い、いちおう、受付の人がいたから、聞いてみたんだよ。そしたらだいたいあんちゃんの言ってた通りで、ルルーにいも、あそこは大丈夫だって言うし…………その、行ってもいいかなって思うんだけど、俺

たち、全然字とか読めねーし、数の数えかたとかも知らねーし、そんなんで行って、馬鹿にされたりしねーかなって、思って…………」

「馬鹿になんかされないよ～。お仕事受けてまで習いに行く真面目《まじめ》な子を、誰も馬鹿になんかしないって！　それにもし馬鹿にするような子がいたら、真面目に勉強して見返してやればいいよ～」

「お、俺らにもできると思うか？　俺らはスラムのガキだぞ？」

「誰だって最初から全部できる人はいないよ～。ゆっくりでもいいから、1個1個覚えていけば、ちゃんとできるようになるよ！　ただ、途中で投げ出したり、逃げ出したりしたら、それまで習ってたことが全部無駄になっちゃうこともあるから、短気を起こさず頑張らないといけないけどね？」

パチンとウインク付きでディーグリーが言えば、ちょっと安心したのか、肩が下がるリーダー少年。

「わ、分かった、俺たち、がっこう行ってみるよ！　そんでいっぱいいろんなこと習って、冒険者になる！」

「お～う、頑張れ～！　学校を無事卒業したら、冒険者だけじゃなくて、他の仕事にも就《つ》けるようになるかもしれないしね～！」

「そうなったらすげーなー」

なんだか憧れが滲《にじ》む声に、リーダー少年は何かなりたい職業がある様子。

それも含めての学校なので、ぜひとも頑張ってほしい。

いい感じに話もまとまったので、

「そいじゃー、ごはんちゅくりまーす！　てちゅらってー！（それじゃー、ご飯作りまーす！手伝ってー！）」

俺が手を上げると、パタパタと女の子を中心に何人かの子供が集まってきた。

集まった子供全員に洗浄魔法をかけて清潔を確保して、厨房《ちゅうぼう》にも洗浄魔法。

子供たちの前に、野菜をドカドカ置いて切ってもらう。

助よりも手際《てぎわ》がいい！

助に、里山の森で狩った豚魔物を細切れにするように指示して、その間に俺は巨大な鍋に水と塩とじゃが芋《いも》を入れて茹《ゆ》でる。

じゃが芋が茹であがったら、鍋ごと火から下ろし放置。

別の巨大鍋に油をひいて、豚魔物の細切れ肉に根菜とキノコを入れ炒《いた》める。

いい感じに火が通ったら、水を入れて煮る。

煮てる間にビッグバードの肉を一口大に切って、同じく一口大に切ったネギと交互に串に刺

していく。

それを大鍋の周りに、即席の土魔法で作った土台に刺して焼いていく。

根菜に火が通ったら、葉物野菜を大量投入。

味付けは味噌と醤油を半々。

これはばあちゃんのレシピ。

出来上がったメニューは、豚汁と焼き鳥と、主食はじゃが芋。

パンを焼くのは面倒だった！

全員に配り、いただきます！

ハフハフとそこら中で熱さにやられてる子供たちに、とても癒《いや》される。

今回のメニューは全部熱々だからね！

アールスハインらの大人組もガツガツ食ってるし、美味しそうで何よりです！

全員が腹を擦るほど腹いっぱい食えて、それでも豚汁はまだ半分くらい残ってる。

前回の様子を見て、より多く作ったからね！

温め直して、夜にでも食べてね、って置いてきた。

子供たち全員に、また来てねー！　と大合唱された。大概はご飯目当てだろうけど、嬉しいよね！

ほっこり癒されて気分を上げたところで、油断のならないスラムの古魔道具屋へ。

主に交渉はディーグリー担当だけど、周りに睨《にら》みを利かせるアールスハインと助も、気合い十分！

俺とユーグラムは見た目からして戦力外なので、大人しく認識阻害をかけて外で待機してます。

スラムに2カ所ある古魔道具屋さんに行くと、先に行った怪しいフードを被った店主の方は、いつもと変わらない対応をされ、2個の呪いの魔道具を買ったが、もう1軒の眼光鋭い老人店主の方は、明らかに対応が柔らかくなってたそうだ。

理由は教えてくれなかったそうだけど、たぶん、学校のことが関係してるんじゃないかと予想。

まあ、無事目的の物は買えたので問題なし！

あと残るは、貧民街の市場にある露店を覗《のぞ》いて終わり。

トコトコ歩いて移動。市場の外れにある露店では、今日もうらぶれた店主が暇そうに店番をしていた。

「こんちわ～」

ディーグリーが緩く挨拶すれば、

「ああ、こんちわ。あんた、前にも来た人だね？　物好きだねー？」

「アハハ、唯一の趣味だからね～」

ディーグリーに抱っこされてる俺は、並べられた古魔道具の中から呪いの魔道具をちょんちょんと触る。

並んでる物の中には4個ほどの呪いの魔道具。

ディーグリーが適当に話しながら、俺の触った魔道具を買って終了。

市場から程々に離れたらボードに乗って学園へ。

少しして学園へ帰ってきました。

チチャール先生に一応帰ってきたことの報告をして、テイルスミヤ長官の部屋で呪いの魔道具の解呪をしようと思ったのに、チチャール先生がついてきました。

テイルスミヤ長官の部屋に陣取って離れません。

このまま解呪していいのか迷ってたら、カイル先生が来て、チチャール先生を摘《つ》まみ出した。

後ろ襟《えり》を持ってポイッとね！

いくら童顔で小柄とは言え、人一人ポイッとできるとは！　実はカイル先生、肉体強化できてるんじゃね？　と思いました。

本人無自覚っぽいので、教えてあげないけど！

ポイッとされたチチャール先生はしばらくバンバン扉を叩《たた》いていたけど、誰も鍵を開けてあげなかったので、最後にはブツブツ言いながら戻っていった。

それではあらためて、解呪！

呪いの魔道具をバリアで包んで、バリア内を聖魔法で満たすと、細く細かいウニョウニョが蠢《うごめ》きながら消えていく。

今回買ってきた呪いの魔道具は全部で20個。

多少汚れはあるが、呪いがなくなっただけで綺麗《きれい》に見える不思議。

壊れた魔道具は修理して、性能を見ていく。

攻撃系の魔道具が8個、防御系の魔道具が6個、あとはその他？

攻撃系の魔道具の中に、精神操作の魔道具を発見。半日ほどの時間、相手を思うままに操れるヤバイ魔道具。

これは魔法庁行き。

あとは制限付きの攻撃魔法が撃てる物とか、捕縛道具とか、魔法を弾くとか防ぐ道具とか。

その他は、魔道具を身に付けている間は身長が10センチくらい伸びる羽冠とか、足の速くなる半ズボンとか、吐く息がいい匂いになる首輪とか、その他いろいろ。

どれも微妙過ぎて改造したくなる気持ちが分かる品々。

誰も欲しがらなかったので、カイル先生が面白がってチチャール先生にあげるそうです。

ヤバい性能の魔道具が、元女神の手に渡らなかったことを喜ぶべきね！

その後はテイルスミヤ長官の出してくれたお茶を飲みながら雑談してたんだけど、お茶菓子が不味かったので、プリンをリクエストされた。

サクッと作って出したら、久々に食べるカイル先生が貪り食ってました。

他の面々は何度か食べたことがあるので、落ち着いてたけどね。

まあ、大量には食ってたけど！

雑談の中で、魔王な少年の様子を見てきたことも話したら、学校の話になって、子供たちにどうやって一から文字や計算を教えたらいいか揉めているらしい。

貴族や裕福な平民の通う幼年学園は、基礎的な読み書き計算は各家で習ってから学園に入るから、本当に一からっていうのは、各家庭によって教え方が違って難しいらしいよ。

なので、カルタを教えてみた。

絵札と読み札、で文字も覚えやすいと思ったんだけど、めっちゃ感心された。

一番食いついてきたのはディーグリー。これは売れる！　って。

なのでディーグリーの商会で作ってもらい、学校には寄付してもらうことになった。

幼年学園には買い取ってもらいます。

絵は分かりやすく、かわいらしく描くのがいいよって言っといた。

この国の絵は、写実的な絵か、前衛的な絵の両極端だからね！

お茶の時間も終わり部屋を出ると、扉のすぐ隣の壁に膝を抱えて座り込むチチャール先生。

話し合いの最中は、テイルスミヤ長官がいつも防音の魔法をかけているので、中の音は聞こえないいんだけどね。

呆れた顔のカイル先生がガラクタな魔道具を差し出せば、不思議そうな顔をしながら受け取って、魔道具であることを確認すると小躍りしだした。

満面の笑みでお礼を言って去っていったチチャール先生に、更に呆れのため息をつくカイル先生。

「わりーな、奴は魔道具狂なんだよ」

「ああ、ルフレ伯爵家の次男でしたね。彼の父上と兄上は魔法庁の職員ですから」

「そ、魔道具狂いのルフレ家」

「以前ケータ様に魔道具の本をくれたのが彼の兄上ですよ」

「ふぇー、にてなーねー」

「母親が違うからな」

「ふーん」

「ルフレ家は、今奥様が5人ほどでしたか？」

「あー、たしか去年2人増えなかったたか？」

「しょんなに!?」

「そんでその全員が魔道具狂い」

「うえー！」

「まあ、それぞれに違う方向の魔道具に夢中なんですがね。大学園の試験に受かった方も3人ですし。他の方はお城でメイドや文官として働いて、ケータ様の作った魔道具に嬉々として魔力を焼き付けては、魔力が枯渇して倒れておりますね」

知らないところでお世話になってた。

まあその魔道具を使うのは俺じゃないけど！

「まあなんだ、たまにウザいかもしれんが、適当に流しとけばいいから」

「あーい」

先生たちと別れて、その後はどうする？　って相談したら、演習の終わったシェルが合流してきて、暇ないつもより時間のかかるご飯でも作ろうかってなった。

シェルが速攻手配した調理室に入り、メニューを考える。

基本、俺の作れる物は、ばあちゃんに習った和食、父母の好きだった中華、甥《おい》っ子たちの食

い付きがよかった洋食。

だが、どれも家庭で作れるお手軽メニューだけ。

前世のような便利な合わせ調味料などはないので、一から作れる物は驚くほど少ない。

手の込んだ料理で思い付くのは、角煮やもつ煮、ビーフシチューや牛スジの煮込みなどの煮込み料理ばかり浮かぶ。

ヤル気満々の料理素人でも作れるメニューとは？

悩んだ末に出たのは、助の中華、の一言から餃子《ぎょうざ》に決定。

餃子の皮は作れます。

長女の絵美が一時期パン作りに嵌まり、毎週のように旦那と子供を連れて我が家でパンを焼いていた思い出。

自宅でやれ！　と言っても、なぜか我が家でしかパンを焼かなかった。

その中になぜか餃子の皮もあった。

甥っ子たちも巻き込んで、大量に作ったこともあるので大丈夫。

ちなみに今日は作らないけど、肉まんの皮も作れます！

メニューが決まればさっさと作りますかね！

助に指示しながら生地を捏《こ》ねていき、ちょっと休ませている間に肉だね作り。

見た目と違って不器用なユーグラムが大活躍！　オーク肉をミンチにする作業を頼むと、い～い声で鼻歌を歌いながら肉を刻んでおられます！　ちょっと怖いのは内緒。

若干皆の腰が引けてるのも内緒。

野菜も刻んでニンニクと生姜っぽいのも入れて捏ねる捏ねる捏ねる。

皮を平たく伸ばすのは俺の仕事。

他の奴らはなぜか丸く伸ばすことができませんでした。

具を包むことくらいは助でも説明できるので、そっちは任せて、ひたすら皮を伸ばしました。

全員180超えの男が、真剣な顔でチマチマとした作業に取り組む姿がとても可笑《おか》しいです！

形は、まあ、初めてだからね！

だいたい慣れた頃、助を抜けさせて、大量に炊いてマジックバッグに保存してたご飯でチャーハンも作ります。

ここは豪華にカニ餡《あん》掛けチャーハン！

まだまだ大量に蟹の身があるからね！

あとは海で大量に取ってきた昆布で出汁《だし》を取った、ワカメのスープ。

ここにエビチリとかエビマヨとか足したかったんだけど、豆板醤《とうばんじゃん》とマヨネーズがなかった！

豆板醤は作り方知らないし、マヨネーズは卵の鮮度が不安。

なので今回は見送り。

そのうち何かで代用できないか、料理長と相談します。

餃子も大量に焼けて、テーブル中央にドドンと置いたし、いただきます！

あれね、餃子って、フォークじゃ食べづらそうね！　中身がベロンと出ちゃったり、半分に折れたり、なんか大変そう。

俺は、道具屋さんに特注した先割れスプーンを使ってますが何か？

幼児の手に箸《はし》は無理です！　指が短い！

ちょっと切なくなる食事でした。

一緒に作ったのが楽しかったのか、餃子とチャーハンが気に入ったのか、明日も1日調理室でいろいろ作って、ダンジョンに備えよう！　とか言い出したよ？

大変なので、料理長召喚してもいいですか？

明日のことは明日考えるとして、あとは風呂入って寝ます！

2章　飛びます

おはようございます。

まだ夜なので天気は分かりません。

寝返り打ったら床が固くて起きた俺です。

夕べは2カ月半の演習最後の日だったので、早めにダンジョンから引き上げて、ワイワイと夕飯を皆で作り、大いに食べてアールスハインのベッドで寝たはずなんだけど？

今、身を起こして座ってる場所は木の床です。

そして目の前には両手を下向きに広げ、仁王立ちで牙を剥く、レッサーパンダ？

手足が短く、色合いが微妙に違うような気もするけど、暗くて分かりづらい。

前世で甥っ子たちを連れて動物園で見たレッサーパンダそっくりの生き物に、全力で威嚇《いかく》されてる模様。

大きさは俺と同サイズ。座ってるから俺の方が目線は下だけどね。

薄ボンヤリとした照明に照らされて、

「ヤー、ヤーヤヤー！」

とか吠えてる。

それは鳴き声ですか？

妙にファンシーで可愛らしい生き物である。

眺めるだけで一向に反応しない俺にレッサーパンダは根負けしたのか、威嚇を止めてちょっとだけ近づいて匂いを嗅《か》いでいる。

俺はあらためて自分の状況を整理しようと、周りを見回した。

フム、檻《おり》に入れられておりますな！

ボンヤリした照明では部屋の隅々までは見えないけど、結構な広さの部屋である。

埃《ほこり》っぽく床のザラザラ加減から、あまりいい建物ではない様子。

高位な屋敷ほど床がツルツルになるからね。

周りには他にも大小様々な檻があり、全ての檻の中に何かの生き物が入れられている。

そこら中から唸り声や叫び声が聞こえてくる。

糞尿《ふんにょう》も放置されているのかすごく臭い。

状況から考えて、誘拐《ゆうかい》されたようです？

ただし妖獣として。

獣扱いはとても不本意。

学園の部屋で寝た記憶があるので、学園関係者の仕業《しわざ》？　目的は？

全く分からないことばかりなので、とりあえず部屋全体に洗浄の魔法をかける。

ブワンと空気の震える気配のあと、臭いが収まる。

と同時に獣たちの声も収まった。

その時パキンパキンと軽い音がして、首の辺りから何かが落ちた。

見れば首輪。小さくライトの魔法をつけて、まじまじと観察すると、首輪の裏に魔法陣。

魔法の阻害効果のある魔道具らしいよ。

なぜか普通に魔法を使っただけで壊れましたけど？　弱くない？

ライトで照らされた檻の床にも魔法陣。

こっちも魔法の阻害効果で、ど真ん中に亀裂が入っている。弱くない？

鍵は閂《かんぬき》のような簡単な物なので、サクッと開けて檻の外へ。

あまりに簡単に脱出できてしまったので、馬鹿にされてる気がしてきた。

ちょっと俺のこと侮り過ぎじゃね？

檻の外を歩いていると、服の尻の辺りを引っ張られる。

見ればレッサーパンダが、尻の辺りの布を咥《くわ》えて付いてきてる。

俺が止まると、

「ヤーヤ？」

キョトン顔で見上げてくる。

可愛いけどなんなの？

まあ気にせず進むけど。

通り過ぎるごとに檻の中の獣が檻越しにチラ見してくる。

害がない存在と思われてますな！

ちょっとライトを強くして周りをよく見る。

窓は高い位置に数カ所、部屋の広さは体育館くらい。柱が等間隔に並んで、半分くらいの場所を汚い布で仕切られていて、奥の方の獣はなんと魔物でした！

グルガル言ってるのをスルーして更に奥に進むと、1つだけ隔離するように離れた位置に、ちょっと他よりも豪華？　頑丈そうな檻があり、その中の獣を見てみたら、なんと！　もはや懐《なつ》かしさすら感じる元聖女が、ガーガーイビキをかいて大の字で寝てた！

なんでここに？　それにしても獣、魔物扱いって！　笑うしかないね！

元聖女の檻の奥に扉を発見。

当然ながら鍵がかかってて開かない。

フワンと飛んで窓の外を見ると、この建物が森の中にあり、半地下の建物であることが分かる。

月の光で外の方が明るい。

見える範囲に人影はない。

下に降りるとレッサーパンダがプルプル震えながら待っていて、降りた途端しがみつかれた。

自分と体格の変わらない奴にしがみつかれてしまったので、転びはしなかったけど前が見えない。

仕方ないので背中を擦ってポンポンしてやると、落ち着いたのか、ちょっと離れてまた威嚇のポーズをされました。

「ヤヤー、ヤヤヤ！」

うん、可愛いだけですな。

誰がなんの目的で集めたのかは分からないけど、檻の中の獣たちは、皆結構な魔力を持っていそう。

ってことは、また元女神関係？

最近は大人しかったし、魔道具のことも魔王のことも阻止できたので油断してたかな？　だが、奴に俺を誘拐する実力と知恵があるとは思えない。

キャベンディッシュやその取り巻きたちも、あまり賢そうな奴はいなかったことから考えて、新たな協力者ができたのだろうか？　このまま捕まったふりで、相手の出方を見る？

それともさっさと脱出しちゃう？

さてどうしましょう？

いろいろ考えてみたけど、とにかく眠い！

幼児な体は睡眠を求めております！

なので考えるのは起きてからにしよう。

元の檻まで戻り、集められた妖獣だけサクッと解放し、部屋の奥で一塊になって、バリアで安全確保してモフモフに囲まれて寝ました。

◆◇◆◇◆

再びのおはようございます。

バリアをバンバン叩かれる感覚で起こされました。

まだ眠いのに。

目を擦りながら周りを見れば、モフモフに埋もれてました。

様々なモフモフは、同じ方向を見てそれぞれに威嚇のポーズを取っている。

威嚇のポーズも、動物によって違うのね。

呑気に観察しながら威嚇先を見れば、いかにも三下《さんした》っぽい奴ら4人が何度もバリアに弾かれながら、バリアを壊そうと奮闘してて、なんだか間抜けね。

遮音を解けば、

「くそ、なんだよこのバリア!?」

「知らねーよ！　それよりも早くこいつら檻に戻さねーと、俺らがヤバいぞ！」

「分かってるっつーの！　だから今壊そうとしてんだろーが！」

「おい、全然壊れねーんだけど、どうする？」

「…………………はあー、しょうがねー。上に報告してこい！」

「お、俺は嫌だからな！　昨夜の見張りはお前なんだから、お前が行けよ！」

「くそっ！　分かったよ！　なんだよ、魔道具があるから、見張りは最小限でいいって話だったろーが!?」

ブツブツ言いながら1人が離れていくとバリアへの攻撃が止まり、残りの3人が話し出した。

「だいたいよー、さっさとこいつら売っぱらっちまった方が早いだろー？　なんでこんな倉庫まで用意して溜めとくんだよ？」

「さーなー、なんか実験に使うとかで、魔力の多い奴をとにかく集めろって話らしいぜ？」

「実験？　ろくでもねー匂いしかしねーなー？」

「まあ、俺らは金さえもらえりゃ、どんな実験しようが構わねーけど」

「だけどよ、その金はちゃんと払ってもらえるんだろーな？　まだろくに前金ももらってねーって話じゃねーか？」

「そん時はそん時で、こいつらを売っぱらっちまえばいいだろう？　この場所は奴らには知らせてねーんだし」

「あー、頭《かしら》はその辺用心深いからなー」

「だろ？　だから、どっちにしても俺らに損はねーって話さ」

「ふーん、ならいいけどよ！　でもその依頼主って誰だよ？」

「さーな、俺も詳しくは知らねーけど、なんでも腕のいい魔道具職人だって話だぞ？」

「はあ？　腕のいい魔道具職人なら、なんで俺らに依頼が来んだよ？　城に囲われてる魔道具職人なら、素材に困ることなんてねーだろ？」

「だから、腕はいいが、頭がイカれてて、ヤバい魔道具ばっかり作ろうとして、城を追い出された奴なんだよ！」

「あー、それなら分かるけどよ。でもそんなヤバくて城から追い出された奴が、金持ってんのかよ？」

「そこはほら、ヤバい奴には、ヤバい権力者が目を付けて、金を出してんじゃねーの？」

「へー、ろくなことにならねーだろーなー？」

「あの頭のイカれた女もその実験に使われんだろーなー。実験に使われる前に、俺らに使わしてくんねーかなー？」

「フヒヒッ、確かに！　頭はイカれてるけど、見た目はそこそこいいからなー！」

「いやー、あのイカれた女はやめといた方がいいと思うぞ？　全然言葉が通じねーって話だし、起こした途端、暴れるし喚くし、えらい目にあうらしい」

「あーそりゃ面倒だ！」

「いやいや、そーゆーのを押さえ付けて無理矢理ってのがいいんだろー？」

「うわっ出たよ！　鬼畜！」

とても下品で聞くに耐えない話になってきたので、また遮音をしてしばらく考える。

城から追い出された魔道具職人とは、前にテイルスミヤ長官が言ってた人物のことだろう。

調査の結果、行方不明で消息不明だった人物だ。

そいつが依頼主なら間違いなく元女神も関わっているだろうし、もう少し様子を見るべき？

俺をどうやって拐《さら》ったか方法は分からないけど、魔道具の性能といい、檻の強度といい、俺を完全に侮っている様子から、脱出はいつでもできるだろうし。

バリア内が安全と分かっているのか、妖獣たちは寛《くつろ》ぎ始めてるし、どーしよっかなーと悩ん

でいると、バリアの外にいた三下たちがワタワタと動き出したので、また遮音を解いて聞いてみると、

「頭！　これです！　このバリアが全く破れねーんでさー」

「使えねー糞共が！　こんなもんはこうやって！」

頭と呼ばれた大男が、巨大な斧を振り上げて勢いよく振り下ろす。

だが俺のバリアは反撃バリア、ボヨンと受けて同じ強さで跳ね返す。

結果派手にひっくり返って後頭部を強打する頭。

「オグウウウウウ」

とか言ってのたうち回っている。

ちょっと面白い。

しばらく悶えたあとにようやく起き上がって、バリアを確かめる頭。

「おい、このバリアを張ったのは、どの獣だ？　それが分かれば弱点も分かんだろうが！」

「いや、それが朝来たらこの様《ざま》で、どの獣の仕業かは分からねーんでさ」

「夜の見張りは何してた⁉」

「それが、見回った時はなんともなってなかったんでさー」

「そんなわけあるか！　こんだけの獣が動けば、音や鳴き声で気付くだろうが！　テメー、サ

ボってやがったな？」

「いやいやいや、音なんかしなかったし、鳴き声はいつものことで、昨日が特別うるさかったわけでもありやせんでした！　魔道具があるから、見張りは最小限でいいって言ったのは、頭じゃねーすか！」

「………くそっ！　どうすんだよ、こいつらの引き渡しは今夜なんだぞ！　それまでになんとかしろ！」

「頭にどうにかできねーもんを、俺らがどうにかできるわけねーじゃねーですかい！」

「チッ、まあいい。こんだけ強いバリアなら、すぐに魔力が尽きて解けんだろー。それまで目を離すんじゃねーぞ！　バリアが解けたらすぐに檻に入れろ！　とりあえず、今夜の取引はあのイカれ女と魔物だけでなんとか誤魔化《ごまか》す！　分かったな!?」

「「「へい！」」」

話は纏まったようで、頭は部屋から出ていった。

取引は今夜だそうです。

バリアは、俺が任意で解くまで解けないけど、奴らが動く前に脱出して尾行してみよう！

そうと決まれば今は特にすることもないので、モフモフを堪能してみよう！

合間に聖魔法玉をあげれば、皆へそ天で撫でさせてくれるいい子たちです。

然《さ》り気《げ》なく俺を見張りから隠してくれてるし！

俺は、自分の魔法玉を食っても腹は満たされなくて、ちょっとひもじい思いもしたけど、モフモフしたり、夜に備えて長目に昼寝したりして時間を潰《つぶ》した。

◆◇◆◇◆

んがっと、変な声が出て起きました。

おはようございます。

窓から見える天気は夕日が真っ赤っかです。

まだバリアの外では動きらしい動きもなく、ちょっとほっとしました。

これで寝過ごしてたらカッコ悪いからね。

しばらく妖獣たちと戯《たわむ》れて聖魔法玉をあげたりしてたら、夕日も沈んで三下たちが動き出した。

バリアの遮音を解くと、

「おーい、檻を運ぶから手伝えとさ」

「おー」

そんな会話のあと、見張りをしてた3人の三下たちも行ってしまったので、バリアからこっそり抜け出して様子を見ようとしたら、レッサーパンダが付いてきた。

離れようとしないので、そのまま引っ付けたまま移動。

元聖女の檻のある場所とは反対の壁がいきなり開いてビビりました！

スライド式の扉なんてあったのね？

レールとか車輪が付いてるわけでもなく、力業で開けるタイプなのか、ものすごい音してるけど。

何人もの大男がゼイゼイ言いながら開けた扉から荷馬車が入ってきて、やっぱり力業で檻を荷馬車に積んでいた。

何台かに分けられた荷馬車。

仕切りの布の隙間からこっそり覗いたら、元聖女の檻が荷馬車に積まれるところだった。

チラッと見えた元聖女は、いまだにガーガーイビキをかいて寝ている様子から、何かしら眠りの魔法でもかけられているのかもしれない。

魔物の入った馬車が片付き、元聖女の檻が最後だったようで、三下たちも大男たちも扉を閉めて部屋から出ていった。

さて、それでは行動に移りますかね！

バリアを不透明にして、中にいる妖獣たち1匹1匹に認識阻害のバリアをかけて、壁に魔法で大穴を開けて、それを地上まで。

倉庫の裏側まではなかなか見回りも来ないのか、鬱蒼《うっそう》とした森が広がっていました。

そこで妖獣たちとはお別れ。

ばいばーいと手を振れば、バラバラに逃げていく妖獣たち。

1匹1匹、俺の顔をベロンとしてくのが挨拶なのか？

さて、俺も認識阻害のバリアを張って、上空から奴らのあとを追いかけようとしたら、尻を引っ張られた。

見ればレッサーパンダが俺の尻の布を咥えております。

「もーあんじぇんよ、おうちかえりな？（もう安全よ、おうちに帰りな？）」

「ヤーヤ！」

「だーじょぶーよ、みちゅかんないバリアはったち（大丈夫、見付からないバリア張ったし）」

「ヤヤヤ！」

なぜか俺の尻の布を咥えて離さないレッサーパンダ。

「にゃにー？　おうちかえんなーの？」

「ヤ！」

「いっしょにきたいーの？」

「ヤ！」

一緒に来たいようです。

なぜか短い前足の爪を出して、盛んに振っている。

え〜と、戦う気満々ですか？

まあ本人が行きたいなら連れてってもいいかな？

レッサーパンダもバリア内に入れて、フワンと飛んで上空へ。

途端にレッサーパンダがしがみついてきたけど、苦しくはないのでそのまま建物の正面側へ。

4台の馬車が出発するところだった。

途中の森で木の実や果物を収穫して食べながらゆっくりと追跡。

向こうは森の中の道を行くので、ガッタンガッタン目に見えて揺れてるけど、こちらは上空、なんの障害も揺れもなし、快適！

森の木々に邪魔されて、見失わないことだけ気を付ければいい。

飛んだ直後はビビってしがみついてたレッサーパンダも、安全なことに安心したのか、引っ付いたままだが、周りを見る余裕が出てきた模様。

しきりに、

「ヤ！ヤヤヤ、ヤヤー」

と何かを言っている。

全然分かんないけど。

出発してから1時間くらい経った頃、やっと王都が見えてきた。

お城の位置から考えると、今見えているのは今まで通ったことのない西の街門の外側っぽい。

街門のすぐ近くまで森が広がっていて、隠れるのにはよさそうだ。

奴らも街門に直接入っていくのではなく、街門から死角になる場所に馬車を止めると、焚《た》き火をしながら寛ぎ出した。

今が何時頃か分からないけど、街門は基本夜の9時くらいには閉まるので、それより前に相手も来るだろうと予想。

いい感じの木の股を見付けたので、そこに座って果物を食べる。

マジックバッグがあれば、もっとまともなご飯が食えるのに！

昼間あれだけ長く昼寝をしたのに、夜になると条件反射のように眠くなる幼児の体を叱咤《しった》して、奴らが動くのを観察する。

奴らは焚き火を囲み酒盛りしながら無駄に騒いでいる。

ついでに檻の中の魔物も騒いでいる。

とてもうるさい。

悪事を働いている自覚はないのだろうか？

呆れながら見ていれば、街門の方から3台の馬車がこっちに来た。

1台は幌《ほろ》の付いた荷馬車、1台は大きめの乗り合い馬車、最後の1台は、装飾は控え目だけど貴族が乗るような箱形の馬車。

前2台の馬車は連なって走り、最後の1台はちょっと距離がある。

夜に馬車を走らせるのは、危険な行為だと前に聞いたことがある。

馬は夜目が利かないので、道の凹凸で脚を怪我する危険性が高いんだとかなんとか？

それが3台も。

前2台は、結構な光量の魔道具でも使っているのか、だいぶ明るく前方を照らしながら、速度も速い。

この2台は、何か緊急事態の対処っぽい。

奴らが騒いでいる場所も、スピードを落とさずに通り過ぎていった。

そしてゆっくりと近づいてきた最後の馬車は、明かりも最小限で貴族の馬車なら必ず付いている家紋もなく、大きな商会ならだいたいある商会紋もない。

ザ・お忍び馬車。

これは怪しい。

案の定、奴らの酒盛り現場に馬車を止めゆっくりと降りてきたのは、前にも見た覚えのある冒険者。

確かキャベンディッシュの部屋で、元王妃のクシュリアを逃がしてた冒険者、だったと思う。

金茶髪碧眼《げきがん》でそこそこ整った顔なのに、なんと言うか、下衆《げす》な匂いのプンプンする男。

次に出てきたのは、痩せたローブの男。頭からすっぽりローブで覆っているので、顔は見えない。

ただし骨格や背の高さから男と分かる。

そして最後に出てきたのは、元王妃クシュリア。

以前見た時よりは身綺麗にしているが、顔の半分は布で覆っているし、一度老け込んだ顔は厚化粧では誤魔化せてない。

これはあれだろうか？　クシュリアも、元女神の陣営に組み込まれたってことだろうか？

クシュリアはあからさまに顔をしかめて、無言で奴らを睨んでいるだけで、話をするのは冒険者らしい。

ローブの男は魔物の檻に近づいて、魔物の状態と魔力を調べている様子。

ローブの男の確認が終わったのか、冒険者に頷いたところで、

「で？　荷物が半分しか届いてねーよーだが、どういうことだ？」

ドスの利いた冒険者の声に、

「ろくな前金も払わずに、全部の商品をもらえると思ってんのか？」

頭が嘲笑混じりの声で答える。

「全部揃えらんねーなら、金は出せねーなー？」

「構わねーぜ、あんたら以外にも買い手はいるんだ。そっちに売れば俺らは損しねーからな」

「チッ、足元見やがって！　殺されてーのか？」

「やってみろよ、Aランク冒険者のスコラウスさんよ？　俺らにはまだ仲間がいるし、荷物はまだ俺らが持ってんだけどよ？」

「チッ！　分かったよ！　残りの前金と、魔物の分は今払ってやるよ！」

「いやいやいやー、妖獣の金はもらわねーとなー？　妖獣を渡した途端攻撃されたらたまんねーからよ！　あんたらは俺らの信用がねーからな？」

「先に魔道具を大量に渡したでしょう！」

焦《じ》れったいやり取りに口を挟んだのはローブ男。

甲高い声で、叫ぶように話に割り込んだ。

「結局檻ごとあんたらに返すんだから、意味ねーだろ？」

頭の凄《すご》んだ声に直ぐさま引っ込んだ。

弱っ！

「あー、分かった分かった！　前金の残りと、魔物の分、妖獣の半金を払やーいいんだろ⁉」

「ああ、それなら残りの荷物もすぐに持ってくるぜ？」

ニヤニヤする頭に、また舌打ちをして、冒険者がクシュリアを振り向き手を出す。

クシュリアが顔をしかめたまま、冒険者の手に袋を置けば、そのまま冒険者は頭に向かって袋を投げ渡す。

中を確認するのは手下。ちゃんと金額が合っていることが確認できたのか、頷く手下に頭も頷き、手下に指示して、荷馬車から檻を降ろさせる。

奴らはそのままこの場所で夜を明かすのか、また酒盛りを始めた。

冒険者スコラウスは、それを面白くなさそうに見ただけで、特に何もしない。

動き出したのはローブ男。檻に手を翳《かざ》すとシュンと吸い込まれるようにローブ男のローブの中に檻が消えた。

マジックバッグ的な物を持ってる様子。

しかし生き物って入れられないはずでは？

疑問には思ったが、次々檻が消えているので、何か条件付きなマジックバッグ的な物なのだ

ろうと思っておく。

最後に元聖女の檻を収納して、用事は済んだとばかりにそそくさと馬車に乗り込んだ。

クシュリアは、金を渡した時点でさっさと馬車に乗った。

「おい、残りの妖獣はいつ届く？」

「んあー？　ああ、ああ、明後日には届けるさ。この場所でこの時間でいいんだろう？」

「ああ、遅れるなよ」

「そっちもちゃんと金を用意しとけよ！」

最後に冒険者スコラウスが乗ったと同時に発車し、来た時よりも速い速度で馬車は去っていった。

当然追うけどね！

街門を越えたのは閉門ギリギリ。

ってことは今は夜の9時頃ってことね。

前世とは違って、この世界の夜は暗い。

なので自然と寝る時間も早くなるってことで、街はもう寝に入る時間。

流石にそんな時間に馬車をガラガラ急いで走らせるわけにはいかないので、街に入ったら馬車の速度は落ちた。

ゆっくりと走る馬車を追って、上空を飛ぶ。

電飾のない世界の空は、昔住んでた山の家と同じくらい星が見える。

知ってる星座は多くないけど、1個もないのはなんだかとても淋《さび》しく感じる。

ちょっと切なくなりながら追跡して着いたのは、比較的裕福な平民が暮らす地区の、路地裏にある大きな倉庫。

高い位置にある窓から中を覗くと、馬車から降りたローブ男がさっき取引した魔物をマジックバッグ（?）から出してるところだった。

なぜか全部の魔物が寝てる。

やたらと肩で息をするローブ男。

収納には魔力でも使うのか、ローブ男の魔力がだいぶ乱れている。

最後に出したのは元聖女の檻。

ゼーゼー言いながらローブ男が、何かの液体を寝てる元聖女に飲ませてた。

それが済むと、倉庫の明かりを消して、全員がどこかへ向かって歩きだした。

数分も経たず着いたのは、こぢんまりと目立たない屋敷。

そっと窓から中を覗けば、何人かの使用人とクシュリア、スコラウスがワイン片手に何やら話していて、ローブ男はローブを着たまま離れた場所でチビチビお茶を飲みながら俯《うつむ》いている。

しばらく見ていたが特に変化はなく、ローブ男が自室だろう部屋に移り寝たので、俺も帰ることにした。

◆◇◆◇◆

学園男子寮のアールスハインの部屋の窓側へ回ると、ベランダにソラとハクとラニアンが並んで出迎えてくれた。

「たらいまー！」

ふよっと飛んで着地すれば、一斉に飛びかかられた。

「ニャーニャー」

「ムムームムー」

「キャンキャン」

すごく吠えられながら、グリグリ頭を押し付けられる。

心配をかけてしまったようです。

皆してワチャワチャしてたら、ベランダのガラス扉をバンッと叩き開けて、部屋から出てきたのはシェルとアールスハインでした。

軽く片手を上げて、

「たらいまー」

と挨拶したら、シェルは笑いながら、

「お帰りなさいケータ様」

と言い、アールスハインは無言で皆ごと抱っこされて、頭をグリグリ撫でられました。

そのまま部屋の中に移動すると、就寝時間は過ぎているのに、ユーグラム、ディーグリー、助、テイルスミヤ長官にカイル先生、チチャール先生まで部屋の中にいました。

各々に、

「お帰りなさい、ケータ様！」

「お帰り〜」

「ケータ様、遅かったですね？」

「おーう、お帰り」

「よ、よ、よくぞ無事で！　怪我などはしていませんか？」

声をかけられたんだけど、なんかちょっと緩くない？　チチャール先生だけが、ちょっと涙目で心配してくれてるんだけど？

俺が腑《ふ》に落ちない顔をしていたからか、テイルスミヤ長官が、

「この国にケータ様を本当に害せる者はおりませんよ？　ですから、ケータ様がお戻りにならないのは何か事情があると思って皆で待っていたんです。思ったよりも時間がかかりましたが、何があったのか、お聞かせ願えますか？」

シェルが全員分のお茶を新たに淹れて、皆が聞く態勢になったので、拐われて目が覚めたところから話した。

驚くことに、皆は最初、俺が拐われていた事実に気付いてなかった⁉

助だけはその可能性を疑ってたらしいけど、ソラやハク、ラニアンを置いていったことから、すぐ戻ると思ってたらしい。

なんだろうかこれは、演習に付いていかずに、料理長を呼びつけて、調理室に籠ってたりしたのが原因だろうか？

俺がいなくてもダンジョンで、普通に肉が落ちることが分かったので、肉の消費に回ったんだけど。

その時だって、ちゃんと事前に連絡してたのに？

昼になっても帰ってこないことで、助の予想が当たってた可能性に気付き、慌てて犯人の痕跡を探したとかなんとか。

アールスハインに付いている影の人にも気付かれずに俺を拐った手口から、その道のプロの

仕業かと疑われたが、学園の監視魔道具を見直したところ、犯人は学生で、魔道具を使用していたことが判明。

犯人の学生を問い詰めたところ、家族に内緒で作った借金をチャラにする代わりに俺を拐う計画に乗ったらしい。

犯人の学生が持っていた使用済み魔道具を見せてもらえば、昏睡《こんすい》魔法と気配消失の魔道具だった。

今はもう機能を果たして魔力がなくなってるけど、結構な大きさの魔石が使われていることから、犯行時、男子寮全体が昏睡状態にされていた予想。

大掛かりな割に使いきりってところに、魔道具師の腕が知れる。

これは俺が入れられてた檻の魔道具を作った奴と一緒だろう。

癖字も似てるし。

他にもいろいろ話すことはあるんだけど、幼児の体は睡魔に負けました！

話を聞いてるうちに寝落ちしました！

お話はまた明日！

◆◇◆◇◆

おはようございます。

今日の天気は曇りです。

目の前にはレッサーパンダが大の字でプープーイビキをかきながら寝てて、その腹の上にソラとハクとラニアンが並んで寝ています。

なんだろう、とても平和な光景。

レッサーパンダ、お前の野生はどこへ行った？

起きて日課の発声練習と準備体操をしてたら、

「ンヤ！」

と飛び起きたレッサーパンダ。

腹から転がり落ちるソラとハクとラニアン。

それにちょっと慌てたように1匹ずつ足元に並べ直して、俺を見て威嚇の構えを取り、

「ヤヤヤー、ヤヤ！」

とか言ってる。

「ブフッ」

吹き出して、無言で肩を震わせているのは俺ではなく、シェルとアールスハイン。

確かにとても面白いけども！

笑われてるのが分かったのか、

「ヤヤー！　ヤ！　ヤ！」

下に広げた両手をブンブン上下させ抗議するレッサーパンダ。

うん、可愛いだけでござる。

そんなレッサーパンダを宥《なだ》めるようにソラとハクが鼻先と触手でレッサーパンダの腹をつついている。

「ヤヤ？」

「ニャーニャ」

「ムムー、ムー」

何やら会話をして、納得したのかレッサーパンダが威嚇を止めて3匹と戯れ始めた。

クスクス笑ってるシェルに着替えをさせてもらい食堂へ。

この演習が始まってから、ダンジョンに通う学生によって、ダンジョンの肉が食堂に度々寄贈されることで、格段に食堂の食事が美味くなりました！

俺でも完食できるクオリティー！

まあ、一番大量に肉を寄贈したのがアールスハインたちの班なので、当然なんだけどね！

演習後半は、騎士科の生徒たちと徒党を組んで肉を狩りまくっていたからね！

当然、肉を持ち帰る用の魔道具も開発、大量生産したさ！

肉を持ち帰る用なら、時間停止まで付ける必要はなく、冷蔵冷凍の魔道具で足りたからね！

なのでより多くの肉を確保できたので、ダンジョンに行ってない生徒にまで出せるようになった。

お陰で柔らかい肉への関心が高まり、肉の加工方法がだいぶ広まってきた！　よしよし！

食事が済んだら昨日の話の続き。

アールスハインの部屋でもよかったんだけど、あんまり一生徒の部屋に教師が集まるのもよくないので、会議室を借りることに。

シェルがお茶を配り会議の始まり。

部屋の隅で戯れる動物たちにユーグラムの意識が半分以上持ってかれてるけど。

「あー、いろいろ聞いたがこりゃー俺たちの手には余るな」

「もちろん父上には報告の手紙を出しましたし、騎士団の協力も要請しています。今日更に詳しい情報を聞いて報告をする予定です」

「まあそうだよな、ただ学園内で起きたことはこっちで対処しなきゃなんねーからな」

「それに1回使いきりとしても、強力な魔道具の存在は脅威ですね」

「そ、そうですよね！　1回きりとは言え、男子寮を丸ごと昏睡させる魔道具なんて！」

今までいまいち話についてこれなかったチチャール先生が、魔道具の話になった途端混じってきた。

しかも壊れてるとは言え、使用された魔道具を嬉しそうに持っている。

「なんでそれをお前が持ってんだー？」

「ちょっ、いひゃいれすー」

カイル先生に両頬を摘まれてチチャール先生が抗議の声を上げるが、魔道具だけは決して離さない。

流石魔道具狂。

「ちゃんと学園長の許可はいただいてます！」

カイル先生から逃れたチチャール先生が、ほっぺたを赤くさせながら唇を尖らせて言う姿は、ここにいるどの学生よりも幼く見えるんですけど、先生だよね？

「ああ、その魔道具なら私も見せてもらいましたが、稚拙《ちせつ》な魔法陣を魔石の魔力で無理矢理発動したために、誤作動で暴走したようですね。今は完全に壊れて、ケータ様クラスでないと修復は無理でしょうね」

「えええ！　完全に壊れてるのに、修復できるんですか？」

「ケータ様なら可能でしょうが、そんな半端な物を修復してもらうより、新しく作ってもらう方が遥かに早いでしょうね！　しかも高性能で！」

テイルスミヤ長官が自慢気に言うから、チチャール先生がキラッキラした目で見てくるんですけど？

「ケータちゅくんないよ？　よーないち（ケータ作んないよ？　用ないし）」

「…………確かに、相手を昏睡させる魔道具など、使い道が悪事しか思い付きませんね」

フフム、と考え込んでしまったテイルスミヤ長官に、カイル先生がチョップを食らわして、

「おいこら、話がずれまくってるぞ！　強力な魔道具をどうするかって話だろうが！」

「あ、ああ失礼、そうでした。…………ですが、魔道具を完全に使えなくしてしまうと、生活に支障をきたしてしまうので、あくまで強力な魔道具を限定する、と考えますと…………」

「なんかねーのか？　俺には魔道具のことなんざさっぱりだぞ？」

「そうでしょうね。ですが一概に強力な魔道具を規制する、ってわけにはいかないんですよ」

「あ？　なんでだよ、一定以上の出力の魔道具を規制とかできねーの？」

「学園にも強力な魔道具というのは使われているんですよ。例えば結界の魔道具などもそうですし、図書館などにも使われてますし」

「んじゃーどーすんだよ？」

「それが思い付かないから困っているんですよ！」

「お前頭かってーもんな！」

「じゃあふにゃふにゃなあなたが何か知恵を出せばいいでしょう！」

「俺に魔道具の話が分かるわけねーだろ！　んでも、学園に外から持ち込まれるのを防ぎてーなら、荷物検査でもすりゃいーだろ？」

「来週から、剣術大会と魔法大会があるのに？　その一般客まで荷物検査ですか？　時間と手間がかかり過ぎて現実的ではありませんね」

「んー、がきゅえんのー、けっかいに、いってーいじょーのましぇきたんち、ちゅける？（んー、学園の、結界に、一定以上の魔石探知、付ける？）」

「……………それは可能なんですか？」

「けっかいの、まーどーぐみないとわかんないけろー、たびゅん？（結界の、魔道具見ないと分かんないけど、多分？）」

「学園長の許可をいただいてきます！」

テイルスミヤ長官が部屋から出て行ってしまった。

それを見送っていた俺を、チチャール先生がガッと捕獲して鼻の触れる距離で、

「既存の魔道具にまで改良を加えることが可能なのですか⁉　それは知識を学べば他の者でも

可能ですか？　新しい魔道具を作る発想はどこから来るのですか？…………」

目を血走らせ鼻息荒く、矢継ぎ早に質問されているが、目が逝《い》っちゃってて怖いです！

圧に押されて答えられずにいると、チチャール先生の頭をガッと掴《つか》みグワッと引き離してくれたのはカイル先生。

弾みで俺から手を離して、落ちる俺をキャッチしたのもカイル先生。

「落ち着け、そんで質問し過ぎ！　そんな一度に答えられるもんでもねーだろ」

「はうっ、すみません、興奮が抑えられず。子供に対して無体なことをしました」

さっきとは一転シューンとするチチャール先生。

その姿は主人に叱られた小型犬のよう。

隣にラニアンを並べてみたい。

そんな風にワタワタしてたらテイルスミヤ長官が帰ってきて、許可は下りたけど、魔道具のところに行けるのは教師と俺だけってことだった。

学園の魔道具はとても古く貴重なもので、例え王族でも学生には見せられないルールなんだそうです。

古いから見せられないのか、貴重だから見せられないのか、両方なのか。

なのでアールスハインたちを置いて、ソラたちも置いて、先生たちと俺で移動。

なぜかスキップするチチャール先生、学生より危険じゃない？

テイルスミヤ長官に抱っこされながら眺めていれば、ゴスッと拳を頭に落としたカイル先生が、

「はしゃぐな！　騒ぐな！　余計な口を挟むな！　それが守れないなら連れていかない。分かったな？」

と、脅しつけるようなひっっっくーい声でチチャール先生に言い聞かせている。

チチャール先生は、ガクンガクン頷いて、今度は忍び足で進みだした。

とても愉快な先生である。

着いたのは学園の地下にある立ち入り禁止エリア。

重厚で頑丈そうな扉の鍵を開け、中に入るとひんやりした空気。

広さはサッカーコート二面分くらい。かなり広い場所に9カ所、等間隔に巨大な魔石を有した魔法陣がある。

近寄って見くみると、結界、外敵排除、魔力暴走抑止、危険行為抑止、高出力武器抑制、外敵侵入警報、余剰魔力吸収、呪術軽減、的なことが各々1つの魔石に1つの魔法陣として書かれていた。

これは内側に効く物と、外敵に備える物を真ん中にある一際《ひときわ》巨大な魔石に集約させて発動す

る、この部屋全体が1つの魔道具になっていた。

チチャール先生が、キラッキラした目で各々の魔法陣を見て、キャッキャしてる。

ただしそのうち1つの魔法陣は、機能していないようだ。

魔石は生きているので、魔法陣の方に原因が？ と思って見てみると、所々ハゲていて、線が途切れている部分を発見。

原因は分かったが、何の魔法陣なのかは線が薄くなりすぎてて分からなかった。

これを上手く利用できれば、魔道具の悪用が防止できそう、と皆に報告しようとしたら、目の前にはいつ来たのか、気配もなく至近距離に学園長がいて驚いて、

「ひょっ！」

とか変な声が出た。

そんな俺には構わず、

「どうです、改良はできそうですか？」

とか淡々と聞いてくるので、

「でちるとおもー、まーどーぐあくよーぼーちでいい？（できると思う、魔道具悪用防止でいい？）」

と聞いてみた。

「おお、できるのですね！　それは素晴らしい！　それでお願いします」

笑顔で言うので、早速取りかかります。

まずは魔石の魔力を切って、魔石を退《の》かしたあとに魔法陣を書くんだけど、魔石は普通の鉱石なんかよりも重いので、巨大魔石はカイル先生に退かしてもらう。

巨大な魔石は重いので、ヨロヨロしながら運んでくれた。周りで見てる人がすごくオロオロしてたけど。

魔石に合わせて巨大な円を書いて、その中に三角もいくつか書く。

書き込む文字は、魔道具悪用転用防止。三角の中には、一定出力以上の外部魔道具持ち込み禁止。

ちょっと長くなって面倒だったけど、なんとか収まったので、魔石を戻してもらって焼き付け。

巨大魔石なだけに、魔力を相当持ってかれるけど、問題なく完成！

一旦切ってた回路も無事開通してるし問題はなさそう！

「でちたー！」

報告すれば、

「…………………ふ、普通は、この大きさの魔石を魔法陣に使う場合、３人以上の赤魔力保持者

が、更に魔力を調整する魔道具を使って焼き付けを行うの、ですが…………」

学園長がワナワナしておりまする。

まあいいじゃん！　問題なく完成したしね！

フンフン鼻歌を歌いながらついついスキップして、部屋から出ようとしたら、ガッと捕獲されました！

グルンと持ち直されて見たのは、興奮しすぎて真っ赤な顔でブルブル震え、口をパクパクするばかりのチチャール先生。

怖いね！

すぐにカイル先生がチョップして引き離してくれたので、なぜか学園長の抱っこで無事部屋から出られたよ！

その後アールスハインたちと合流して、ちょっと話して、あとは騎士団に丸投げして、結果報告待ち。

午後は、剣術大会に向けて訓練してました。

3章　剣術大会と魔法大会

おはようございます。

今日の天気は晴れです。

今日は剣術大会当日です。

ここ数日でレッサーパンダも慣れたのか、威嚇してくることもなくなり平和。

ソラたちとはとても仲良くなってるし。

起きた途端目の前にレッサーパンダの顔があるのはまだ慣れないけどね！

今日も起きた目の前、鼻の触れる距離でプープー寝てるレッサーパンダ。

発声練習と準備体操をしていると、起きたレッサーパンダが、

「ヤヤヤ、ヤヤー！」

と何やら訴えている。

全然意味が分からなくて首を傾《かし》げてると、ガッと顔を持たれて、デコとデコをガツッとぶつけられ、俺とレッサーパンダの体がピカッと光った。

…………勝手に従魔になったよこいつ？

期待するような目で俺を見るレッサーパンダ。

また名前を考えないといけないらしい。

苦手なんですけど！

レッサーパンダと呼んではいたけど、よく見ると微妙に違う。

前世の動物園で見たレッサーパンダよりも、手足は短く、茶色の部分が赤い。顔はレッサーパンダなのに、体型は熊寄り。

名前名前名前と唱えながら考えてるんだけど、風太君しか思い浮かびません！

でもそれはどうかと思うので、レッサーパンダ、ベアー、レッサーベア？

じーーっと眺めながら悩んでいると、目の前に鼻先を突き出して催促される。

その鼻先が、赤身の強いピンク色で、すもものように見えて、

「プラム？」

と呟いたら、

「ヤヤ！」

と元気よく返事された。

名前はプラムでいいそうです。

着替えて食堂へ。

いつものメンバーで朝食を済ませ、ディーグリー以外のメンバーで、保護者として来ている王様たちに挨拶するため来賓《らいひん》室に。

ディーグリーの保護者は、また別の保護者控え室が用意されてるからね。

部屋に入って王様や王妃様、教皇猊下《げいか》や将軍さんに挨拶。

激励の言葉をかけられ退出。

その際、アールスハインが当然のように俺を王様にパス。

王様も当然のように受け取る。

なんだろうか、この流れ作業は？

初めて会った人たちに、プラムが警戒して密かに威嚇ポーズを取っているが、ソラとハクに宥められてる。ラニアンは俺に抱っこされてる。

ほのぼのとした動物たちに、来賓室が和《なご》んでいる。

警戒してるプラムの紹介をすると、皆さん無理に近づかず、離れた位置から微笑ましそうに眺めるだけ。

すぐには慣れられないだろうと、ソラとハクはプラムに付いていてくれるようです。ええ子らや！

その後大人たちの会話で、俺の誘拐事件は、誘拐犯の学生は捕まったけど、そこからどうい

う経緯で妖獣の密売人に渡ったのかは不明。

でも妖獣の密売人たちは、俺が報告した倉庫に騎士団が踏み込んで全員捕縛され、奴隷落ちさせられた。

俺が妖獣を全部逃がしちゃったから、慌てて付近を探し回ってたところにタイミングよく踏み込めたらしい。

取引場所を見張ってた騎士たちは、魔道具師とAランク冒険者のスコラウスを捕縛しようとしたが、腐ってもAランク冒険者、騎士たちを撒いて逃げ延びたらしい。

冒険者登録は一時停止されてて使えないようになってるので、遠出することも、国を出ることもだいぶ難しくなった。

潜伏してた屋敷は使用人以外は見当たらず、その使用人たちも、臨時で雇われただけで魔道具師、冒険者スコラウス、クシュリアが本当は何者だったかも知らなかった。

屋敷を借りる際に、元女神の養子先のマーブル商会が関わっていたが、それは正当な商取引だったので、マーブル商会も騙《だま》された側として、責任を問うことはできなかった。

これは本当に関わってないのか、上手く回避したのかは微妙なところ。

見張りは付けるらしいけどね。

逃げた奴らの捜索は続行されるけど、いまだ手掛かりはない。

ガガーンガーンガーン。

銅鑼《どら》が鳴り、剣術大会の始まりを知らせる。

競技場にゾロゾロと移動して、貴賓《きひん》席に座る。

俺は王様の膝の上。

動物たちは王様の足元にいる。

たまに王妃様に撫でられながら観戦。

アールスハイン、ディーグリー、助は順調に勝ち上がり、他には3人の騎士科の3年生が残った。

お昼は貴賓室に決勝に残った生徒を招待して食事になる。

アールスハインと助は慣れたものだけど、ディーグリーは王妃様に、騎士科の3年生は、同席している全員に緊張してカチンコチンになっている。

午後の試合大丈夫？

緊張で食事が食べられないかと心配になったけど、その辺は大丈夫だったようです。

テーブルに並んだ、学園の料理人渾身の豪華料理に目が釘《くぎ》付けだもの。

出された側からモリモリ食ってる。

まあ、王妃様以外は負けずにモリモリ食ってるけどね。

王妃様も、仕草は上品だけどモリモリ食ってるよ！

休憩を挟んで準決勝戦。

3人で戦う試合が2回、その試合に勝った1人が決勝へ。

剣術大会なので仕方がないんだけど、今の騎士の主流は魔法剣なので、お城の訓練ではそれはそれは派手な魔法のぶつかり合いが常に見られる。

それを見慣れてると、ただの剣の打ち合いは、物足りなく感じてしまう。

もちろん、模造剣とは言え一歩間違えば命に関わる試合なのは分かるんだけど、同じ感想を持ったのか、将軍さんも微妙な顔してるし。

騎士科の希望者には、魔法剣も教えるようになってきたし、来年か近いうちに、剣術大会も、魔法剣術大会になりそうだけどね。

そんなことを考えてるうちに、決勝進出者が決まった。

アールスハインと助。

2人はこっちに礼をして向かい合い、体に魔力を流し、肉体強化を使い出した。

2人とも声は出さないものの、顔が満面の笑みになってるし。

肉体強化なんかしちゃうから模造剣が途中で折れちゃうし、終《しま》いに殴り合いになってるし、2人があまりに速く動きまくるせいで審判が止めるに止められないし、将軍さんが大興奮でヤ

ジを飛ばしまくってるし、最終的にお互いの顔を殴り合って倒れるって、伝説のボクシング漫画か!! って突っ込みたくなった。

助には通じるだろう。

剣術大会なのに殴り合いでも決着が付かなくて、異例の2人優勝ってことになった。

なんかグダグダだね!

王様に表彰される2人は反省のためか、顔を治癒魔法で治してもらえず、パンパンの紫色な顔で表彰されてた。

観客には大ウケだったけどね!

剣術大会のあとは、演習の結果発表なので、生徒は速《すみ》やかに講堂に集合。

俺を迎えに来たアールスハインと助の顔を見て、将軍さんが爆笑してた。

講堂に着くと、後ろの方の席をユーグラムとディーグリーが確保しといてくれたので座ってると、チラチラチラチラチラと、ちょっと前の席に座ってるクラスメイトな令嬢のグループが見てくる。

初日に挨拶してきた根性の悪そうな令嬢。

名前は忘れた。

これだけ顔が腫《は》れて、紫色なアールスハインをうっとり見つめられるなんて、根性あるな、

と感心はした。

演習の結果は、今年も断トツとはいかなかったけど、一番はユーグラム班と発表された。

前に座ってるクラスメイトな令嬢のグループが、立ち上がって拍手してくるけど、顔がボコボコの男ですよ！

まあ、他の皆も拍手してくれてるんだけどね。

今年は肉目的の騎士科の生徒が大いに張りきったので、上位20位くらいまでは全部騎士科の生徒だった。

ウオオオオッて叫びがすごかった。

普段なら森での演習が、一番効率よく点数を稼げるはずだからね。

肉への執念がすごかったね！

発表も終わり、夕飯にはちょっと早い時間。どうする？　って相談したら、アールスハインと助にトンカツとプリンをリクエストされました。

それを聞いたシェルが、速やかに調理室を確保。

今日はお祝いなので、助ではなくディーグリーとシェルが助手です。

もう何回も作ってるので手順は覚えて、俺は確認だけの楽なお仕事です。

トンカツは2人に任せて、俺はプリンを作ります。

お祝いなのでちょっと豪華にプリンアラモードにしてやりましょう！

果物を切って、作り置きオヤツのビスケットなんかも飾って、生クリームに味も見た目も同じなココナッツみたいな実の中身も飾って、冷蔵庫へ。

トンカツを食べ終わる頃には食べ頃の冷たさになっているだろう！

サイズは洗面器サイズだけどね！

皆してそれくらいペロリだからね！

俺のはコップサイズで別に作ったよ！

ちょっと焦げたトンカツを腹いっぱい食べて、プリンアラモードをとても満足そうに食べて、本日は終了。

ちなみにソラとハクはアールスハインたちと同じ量のトンカツを喜び、ラニアンは自分と同じサイズの生肉を食べ、プラムはトンカツも食べたけど俺と同じ量、プリンアラモードはアールスハインたちと同じ量を食べたよ！

大きくなったわけでもないのに、皆どこにその量が入るのさ!?　と驚愕しました。

更にちなみに、プラムは風呂が好きでした。

俺を洗うシェルを見て、ハクとラニアンを泡まみれになって洗ってた。

アライグマだったの？　まあお互い楽しそうだからいいけど。

水嫌いのソラは逃げました。

◆◇◆◇◆

おはようございます。

今日の天気は曇りです。

モコモコのツナギを着せられました。

心なしかプラムに似た着ぐるみに見えるのは気のせいだろうか？

相変わらずシェルの仕事が早い。

食堂に着くと、俺とプラムを見比べてユーグラムがホワホワしてる。

剣術大会の翌日なので、今日は訓練は全面禁止。

やることもないので、街の外へ出てボードをかっ飛ばす遊びに興じる。

ソラたちは草原にいる魔物を狩って遊んでる。

虫魔物とスライム以外は草原の魔物に大した使い道はないので、倒したら穴を掘って埋めておく。

プラムは穴を掘るのが上手いみたい。

ソラだと無駄に大穴を空けちゃうし、ハクは土を溶かしてしまう。

ラニアンはまだ小さいからね。

意外と器用で面倒見のいい奴だったことが判明。

俺はみんなのあとを付いて回収係。

虫魔物はいろいろ使い道があるんだけど、ユーグラムと一緒の時は狩れないからね！

たまにある岩に座って休憩してたら、岩の周りを駆け回っていたラニアンがキャンキャン吠えるので、何か見付けたのかと岩の裏側に回ってみると、岩の陰になって分かりにくいけど木の扉を発見。

いかにも怪しいその扉。

だが下へと繋がるその扉を持ち上げるのは無理そうなので、上空に向けて小さな花火を魔法で打ち上げる。

驚いたアールスハイン、ディーグリー、助がボードから落ちそうになってたが、全員が俺のところに集まってきた。

扉を発見したことを言えば、

「おおー、いかにも怪しい扉！」

「街からそんなに離れてないし、悪巧みのよか～ん！」

「何が出てくるか分からないので、慎重に行きますよ！」

「開けるぞ！」

分厚い板の扉をアールスハインがゆっくりと開けると、なんとも言えない匂いがして、全員が顔をしかめた。階段の下にはもう1つ扉があり、中は真っ暗だった。

人の気配はしないけど、慎重に降りていく。

階下の扉も鍵はかかっておらず、すんなりと開いた。

中はそれほど広くはなかったが、所狭しと物が置いてあり、何が目的で集められた物なのかが分からないほど、いろいろな物がごちゃ混ぜになっていた。

埃も積もって、崩れた場所も多く、しばらく放置されていた様子。

だがよくよく見てみると、魔石や魔道具らしき物、何かの生き物のミイラ化した物などもあり、全てが合法な物ではなさそう。

ますます怪しくなってきた。

何があるのかは気になるが、あまり荒らしても収拾がつかなくなりそうなので、一旦外へ出て、街の兵士に知らせることに。

知らせに走ったのはスピード狂の助。

行くのは早いけど戻るのは多少時間がかかるだろう、ってことで、お昼ごはんの準備をします。

外ご飯はだいたい焚き火で直火焼きか、親方特製バーベキュー台を出すかの二択。

今日はバーベキュー台を出して、いつもの網ではなく鉄板を出して、焼きうどんを作ります！

本当は焼きそばを作りたかったんだけど、麺《めん》を細く伸ばすのは至難の業でした！

蕎麦《そば》は打てるよ！　でも今の体型では無理です！

俺の成長期が遠い！

野菜も肉も大量に入れて、ワッサワッサとかき混ぜる。

醤油とソースと昆布出汁を混ぜてジャッと回しかけて出来上がり。

醤油だけでも美味しいけど、外で食べるご飯は味が濃いめが好みです！

見た目青汁な桃ジュース片手に焼きうどんを頬張る。

ソラたちも、味を薄めに作ったやつをモリモリ食ってる。

試しにプラムに先割れスプーンを渡してみたら、器用に使いこなして食った！

1回目に焼き上がった分を食べ終わり、まだ足りなさそうな面々に、もう1回焼き始めた時、助が兵士数名と戻ってきた。

事情はもう話してあるのか、すぐに地下室に向かう兵士。

その小鼻がヒクヒクしてたのは笑った。

助の分も合わせて大量に焼きうどんを焼く。

丁度完成したところで、兵士が地下室からいくつかの物を運び出してきた。

布で包まれたそれらは違法性の高い物のようで、持ち帰って調べるそうです。

まあ、すぐに帰りそうになる兵士たちに焼きうどんを振る舞ったら、ものすごい食い付きで、更に3回も作らされる羽目になったけどね！

午後もアールスハインたちは、空遊び。

俺とソラたちは探検ごっこ。

そのうち走り出したラニアンを追って、おいかけっこになったけどね。

午後のオヤツの時間に終了して、街のカフェでお茶を飲んだ。

この2カ月月半の間に、柔らかい肉は結構広まったけど、柔らかいパンと菓子はまだまだ遠い模様。

見た目は美味しそうなだけにとても残念。

ガリボリ言いながら食うもんじゃないと思うの、ケーキって！

生クリーム的な木の実もあるし、チョコレートだってあるのに、俺の食える物が果物だけって残念でならない！

歯の溶けそうな甘味ってなんとかならんのか？

砂糖って高級品でしょう？　もうちょっと控えようよ！

お城のデザートは大分改善されてきたのに。

デザート担当の料理人が、砂糖の使用量が激減したって驚いてたけど、その分滅多《めった》に買えなかった高級輸入果物を大量に使ったお菓子が、普段の食卓に出てくるようになって、王様が心配するほどだったのに！

まあこの店は貴族街にあるので、見栄《みえ》とかもあるんだろうけども、平民街の富裕層地区と平民街低層地区では甘味がガラッと変わる。

砂糖主体の甘味から、メープルシロップ的な甘味へと。

なので、平民街低層地区からの甘味は、なんと言うか、汁っぽくなる。

ガリボリの生地に、シロップを大量にかけてある的な菓子。

スラムまで行くと、甘味と言うより多少甘い芋がオヤツになったりする。

極端すぎね！

貴族が菓子に使う砂糖を、3分の1に減らせば、国中で砂糖の値段が下がると思うよ！

前に王様に言ったら、妙に納得された。

その後はいつもの古魔道具屋さんに顔を出したり、街をブラブラして解散。

次の日から2日間は魔法大会に向けての訓練と予選。

魔法の訓練には俺も付き合ったよ。

肉体強化したアールスハインたちに、魔法玉や槍を投げるお仕事。

上手いこと当たると気持ちいいね！

もちろん大会前に怪我をさせるわけにはいかないので、バリアを壊したら止めたよ！

意外と簡単にバリアが壊れて、皆が悔しがってたけどね！

それを周りで見てた人たちが、ドン引きしてたのは知りません！

ただ、クラスメイトなブロッコリー侯爵子息？　が、なんとも言えない粘着質な視線を向けてくるのは気になるところ。

演習中はダンジョンを希望してなかったブロッコリー侯爵子息はいなかったけど、たまに学園に戻ってきた時とか、料理長と調理室に籠る前とか後とかに、微妙な距離にいることがある。

言いたいことがあるなら言えばいいのに、イヤらしい笑顔で遠巻きに見てるだけ。

ショタコン？　ショタコンなの？　と疑ったけど、街で見かけた時は、子供に見向きもしてなかった。

なんだか不気味！　なので近づきません！

発見した草原の地下室は、違法な物品の宝庫だったそうです。

外国産の毒物とか、薬物とか、輸入が禁止されてる魔物の死体とか、妖獣のミイラとか、正

体の分からない液体とか、とにかくいろいろなヤバい物が押収されたそうです。

ただ、その地下室を使ってた犯人は不明。

埃を被ってた様子から、ここ3カ月月程は戻ってない様子。

部屋の中身はまるっと押収して各専門部所が詳しく調べるそうです。

入手先とかルートとかね。

街門の見張り塔から見える位置なので、見張りはするけど、戻ってくるかは分からないって。

不気味さだけが残った。

気分を切り替えるためと、大会前に英気を養うとか言って、夕飯は2日続けて大量の唐揚げを作らされた。

まあ頑張って優勝してください！

こいつらに敵う奴いないと思うけど！

◆◇◆◇◆

おはようございます。

魔法大会当日です。

今日の天気は薄曇りです。

今日も着ぐるみを着せられました。

真っ白な着ぐるみ。

ラニアンですな。

腹のポケットにラニアンをインできる仕様。

インするとそっくりな色で見分けがつかぬ。

ソラはアールスハインの肩に、ハクはシェルの頭の上、プラムは俺以外で一番先に懐いた助が抱っこしてる。

俺は腹にラニアンをインして、魔道具で飛んでます。

その状態で食堂へ行けば、ユーグラムが心底羨ましそうにこっちを見てくる。

シェルが笑いながら頭の上のハクを手渡せば、モニモニしながら無表情で喜んでおります。

朝食を食べ、ディーグリーと分かれ貴賓室へ。

貴賓室の前で、イライザ嬢と弟のクリスデールと会ったので挨拶してそのまま一緒に貴賓室へ。

今日の応援は、王様、王妃様、イングリード、教皇猊下に宰相さん。

イングリードが来たので将軍さんはお留守番。

今日の本選にはイライザ嬢が出場するからね！

各々に激励をもらって、またもや王様にパスされ、皆を見送った。

ガガーンガーンガーン。

銅鑼が鳴って貴賓席に移動。

剣術大会と違って派手な魔法が飛び交う。

去年の大会を見ていた多くの出場者が、攻撃魔法とバリアを併用しようと頑張っている。

1年生で本選まで残ったのはクリスデールだけ。

優秀な子のようです。

拍手してたら宰相さんに撫でられました。

撫で方上手いね？　抱っこも慣れてたし、よきパパなのですね！　顔怖いけど！

クリスデールも善戦したけど3年生には敵わずに敗戦。

勝ち残ったのは、アールスハイン、ユーグラム、イライザ嬢と見たことのある3年生女子が2人と見たことのある2年生女子1人。

ディーグリーと助は残念ながら敗退。

ディーグリーはクラスメイト2人に挟み撃ちされ、助はイライザ嬢に吹き飛ばされてた。

昼食に招待されたクラスメイトと元クラスメイトの女子3人はガッチガチだったけど、イラ

イザ嬢と王妃様が気を使って話しかけてたら、食事が運ばれる頃にはだいぶ落ち着いてた。

午後からの準々決勝は、３対３の２戦。

３年生女子と２年生女子とユーグラムが戦い、アールスハインとイライザ嬢、３年生女子が戦う。

ガーンガーンガーン。

銅鑼が鳴って出場者が舞台に上がる。

貴賓席に向かって一例すると距離を取ってお互い向かい合う。

審判の始めの合図で、全員が一歩踏み出したタイミングで、
ブーブーブーブーブーブーブーブー。

学園中に警報音が鳴る。

その場の人間が全員警戒体勢を取るなか、魔法大会用に普段より弱められたバリアが、上空でバリバリバリと破られ、何やら人型をした黒い靄の塊がゆっくりと舞台の上に降りてきた。

舞台上にいたユーグラムと２人の女生徒と審判は即座に避難して離れた場所で警戒している。

舞台上に降りた黒い靄の人形は、聞き覚えのある甲高い声、だがなぜか二重に重なったような声で、

「「今こそ怨《うら》みを晴らそう、わたくしへの無礼、私への非難、わたくしへの屈辱、私への不当、

全ての怨みを思い知れ、そしてわたくしの前に平伏せ、私に許しを乞《こ》うがいい！」
そう言うなり黒い靄が会場中に広がり始めた。
靄に触れた途端、靄はウニョウニョになり、女性たちは肌が爛《ただ》れ、男性は酒に酔ったような
トロンとした顔になり、黒い靄の人形にウットリとした目を向け始めた。
「…………これは、呪いという名の毒と魅了ですね！　ケータ様、お力をお借りできますか？」
教皇猊下がきっぱりと断言して魔法を使い始めた。
慌てて教皇猊下の魔法を真似して、後押しするように浄化の聖魔法を会場中に広げる。
そこここでバチバチとスパークする呪いと浄化、力は拮抗《きっこう》しているようでも、ややこちらが
優勢。
徐々に広がる浄化の範囲に焦ったのか、靄の濃度がどんどん濃くなり、対象が男性にのみ絞
られていく。
肌の爛れが治まり、浄化されて平常に戻った女性が、黒い靄にウットリしながら近寄ってい
こうとする男性陣を次々拘束していく。
貴賓席の面々は呪いや状態異常を防ぐ魔道具のお陰で正気のまま、咄嗟《とっさ》に張った俺のバリア
は貴賓席の範囲にしかないので、戦闘態勢でバリアの外に一歩出たイングリードの魔道具がパ
リンと罅が入ってしまったのでむやみに動けなくなった。

呪いの効力が貴賓席付近は強いよう。

俺は浄化を優先してるので手が出せません。

その間にも女性陣の拘束から逃れた男性陣が続々と舞台上に上がり、取り付かれたような顔で黒い靄の人形に群がり始めてる。

「わたくしの下僕たち、私に屈辱を与えた敵に制裁を!!」

黒い靄の命令に、男性陣は正気を失ったような目を女性たちに向け、戦闘態勢を取る。

さてどうしたものかと考えていたら、ダダダダダと舞台上に駆け上がる2つの影。戦闘態勢の男性陣をあっと言う間に薙《な》ぎ倒し、黒い靄の人形を、挟み撃ちで殴り飛ばした。

呆気《あっけ》なく飛ばされた黒い靄の人形は舞台から落ち、蹲《うずくま》るように動けなくなっている。

殴り飛ばした2つの影は、片方は成人女性の平均よりもやや体格のいい、水色の髪をポニーテールにした頬に傷のある女性。もう1人は金髪ツインテールの少女。

1年間のダイエットの旅に出た、この国の第1王妃ロクサーヌ様と、第2姫アンネローゼだった。

2人は各々剣とモーニングスターを手に、黒い靄の人形を睨み付けている。

「フフフフ、男性陣には危険そうなのでここでお待ちください。ではわたくしも行って参りますわね！」

場違いな明るく弾む声で告げて、バリアから軽やかに出ていったのは第2王妃リィトリア様。

ドレス姿のその後ろ姿を呆然と見送る男性陣。

第2王妃リィトリア様は、観客席との段差など物ともせずに飛び降りて、ロクサーヌ様とアンネローゼの間に立った。

やっとその頃になって立ち上がった黒い靄の人形は、舞台上に立つ3人を見て言葉にならない金切り声を出し、一気に黒い靄を3人目がけて吹き出した。

当然庇《かば》うよね！　3人の動きを阻害しないように体に沿った柔らかいバリアを張る。

バリアに気付いた3人が、揃って敵から目を離すことなく右手を軽く上げる。

なんかカッコいい！

それからは敵は黒い靄をウニョウニョに変えて、鞭《むち》のように使い攻撃。ロクサーヌ様は剣、アンネローゼはモーニングスター、リィトリア様は、な、なんと扇子《せんす》で戦った！　鉄扇ですか⁉

一番激しい攻撃をしているのはロクサーヌ様、アンネローゼの攻撃は一撃一撃が重い。

だが一番相手にダメージを負わせているのはリィトリア様‼

普段はおっとりと微笑んでいる穏やかな人なのに、戦い出したら強かった！

ヤバい！　カッコいい‼

どんどん削られる黒い靄。やがてその本体が姿を現したが、それは予想通りでもあり、予想

外でもあった。

その姿は、既にその地位を剥奪された元第2王妃のクシュリア。

だがその顔に、元聖女の顔が二重写しになってダブって見える。

何がどうなってその姿になったのかは分からないが、醜く歪んだ2つの顔が時々入れ替わるように表面に出たり消えたりする。

ひどく不快で不安を煽《あお》り、不気味な姿に言葉も出ない。

激しい攻防の末、クシュリアと元聖女の合成物は、黒い靄のほとんどを剥がされたようになり、動きも散漫になってきた頃、

「何をしている！　さっさとこの会場を支配しろ！　そのために力を与えてやったんだからな！　私の最高の頭脳が作り上げた最高傑作を使ってやっているんだ！　モタモタするな！」

甲高い、だが男の声での叫びに、そちらを見れば、ローブで全身を覆い隠した男が、会場の隅で大声を張り上げていた。

その足元には冒険者の装いの男がボロボロになって転がっている。

あれは探してた魔道具師だろう。

転がってんのはAランク冒険者のスコラウス？　ずいぶんボロボロになってるけど。

ローブ男の言葉に反応したのか、一層靄が濃度を増して、3人の王族に襲いかかる。

バリアの強度を上げて、聖魔法を強目に送ると、バリア表面がバチバチとスパークする。

お構いなしに3人はクシュリアと元聖女の合成物に攻撃を加え、程なくして行動不能になったクシュリアと元聖女の合成物。

舞台の下で踞りブスブスと煙のように黒い靄を体から吹き出すだけで動けなくなった。

「何をしている！　ふざけるな！　私の最高傑作がそんな女3人に敗れるわけがないだろう！　立て！　私の命令を聞けーーー！　ググガッ」

甲高い声で唾を飛ばし怒鳴っていた男が、突然奇声を発し倒れた。

よく見れば、ボロボロで倒れていたスコラウスが、短剣でローブ男の脇腹を刺していた。

倒れた途端ローブ男から転がり落ちた何かが、スコラウスから魔力を吸って、黒い靄を吹き出した。吹き出した黒い靄はクシュリアと元聖女の合成物に送られ、ブスブスと燻《くすぶ》っていた黒い靄が、合成物を強化したように黒いバリアを形作った。

脇腹を押さえ這いずって転がり落ちた物を拾おうとするローブ男。

あと数センチのところで、ガチャンと潰された。

「キュエエエエエ！　わた、わたしゅの！　わたしゅの最高傑作がああああ!!」

気が触れたように叫びのたうつローブ男。

ローブが乱れ、現れた顔は窶《やつ》れてはいるが美女と言っていいほど整っていたが、それ以上に

呪いに冒《おか》されおぞましい顔だった。

魔道具だろうそれを壊したのはアンネローゼのモーニングスター。

鎖でつながるトゲトゲの鉄球が、一撃で魔道具を破壊した。

黒い靄の供給源が壊れたためか、張っていたバリアはロクサーヌ様の軽い突きで壊れ、中からは正気を取り戻したのか、憎々しげに王妃2人を睨むクシュリアの顔。

「なぜ！　なぜ！　なぜなの!?　なぜわたくしだけがこんな目に！　お前たちのような雌猫《めす》が、わたくしのジュリアス様を惑わすせいで、わたくしはこのような惨《みじ》めな姿にされたのよ！お前たちのような売女《ばいた》がいるせいで！　わたくしは！　わたくしは！」

「ブフゥ、ギャハハハハ！　売女？　雌猫？　そりゃお前だろうよ！　今まで自分の寝室に何人の男を連れ込んだ？　王様に相手にされねーもんで、侍従のガキにまで節操なく手を出しといて、今さら被害者面すんなよ！　俺だって金を積まれて仕方なく相手してやったろー？　テメーの息子だって誰のガキか分かりゃしねーくせに！　ギャハハハハ！　ゲホッグハッ」

被害妄想のクシュリアに反論したのはまさかのスコラウス。

公衆の面前で浮気を本人にばらされたからか、黒い靄でスコラウスに攻撃したクシュリア。

「そんなことはどーでもいいのよ！　それより私の乙女ゲーは？　逆ハーでウハウハなチヤホヤの生活は!?　どうしてくれんのよ！　何よこの体！　ババァに乗っ取られてブヨブヨのシワ

シワじゃない！　私のピチピチでスベスベで華奢《きゃしゃ》で守ってあげたくなる、最高に男受けする体を返しなさいよ！」

　今度出てきたのは元聖女。

　言ってるうちにどんどんヒートアップしてきたのか、黒い靄が濃くなってローブ男をいたぶるように触手を伸ばして叩きまくる。

　ローブ男はもう瀕死《ひんし》。

　その頃になってようやっと会場の浄化が済んで、競技場と観客席をバリアで隔離できた俺は、フヨッと飛んで強い強いバリアで、クシュリアと元聖女の合成物を閉じ込めた。

「おまえりゃのはなちはちゅまんねー（お前らの話は、つまんねー）」

「まあ！　ケータ様！　流石！　可愛い!!」

　アンネローゼに久しぶりにギュウギュウにハグされましたが、今が命の危機です！

　慌ててアンネローゼから引き剥がしてくれたリィトリア王妃様の腕の中でゼイゼイしております。

「ああ！　ケータ様ごめんなさい！　つい、久しぶりで興奮してしまって！」

「アンネローゼ、いつも言っているだろう？　いついかなる時も冷静な心を持たねば、敵に不意を突かれると！」

「申し訳ありません！　師匠！　ケータ様の愛らしさに我を忘れました！」

「それは分かるが、加減と冷静さは忘れるな！」

「はい！」

なんだろうか、この緊張感のないやり取りは？

本人たちはとても真剣な顔をしているが、ひどく場違いである。それは他所《よそ》でやるべきだろう。

なんだかひどく微妙な気分になってる間に、他の人たちはちゃんと仕事をしていたのか、ローブ男とスコラウスは速やかに捕縛され、クシュリアと元聖女の合成物は、更に複数人のバリアで包み、バリアごと運ばれていった。

学園長の声で魔法大会は中止になったことを告げられ、体調がおかしい人は治癒魔法を無償でかけるので、会場外のテントまで来るようにと放送された。

ゾロゾロと会場を出ていく観客を見てると、王様たちが舞台上まで上がってきて、王妃様たちとアンネローゼを心配してる。

教皇猊下がクシュリアと元聖女の合成物がいた場所を念のため浄化して、他に呪いの痕跡などがないかを確認してる。

遅れてアールスハインたちも来て、学園長とテイルスミヤ長官とカイル先生も来た。

王様が怪我人の被害を聞くと、多少魅了にやられた男が数人、肌の爛れが気になるご婦人が

数人、転んだ人が数人だけで、大した被害はなかった様子。

教皇猊下と俺の浄化が迅速だったお陰だとすごく感謝された。

その後はお城に帰って、まずはローブ男とスコラウスの治療と尋問。

アールスハインたちは学生なので、気にはなるだろうけど冬休みまであと10日もないので、それまでは普通に学園生活をしとけってことになった。

元女神の動向も気になるしね。

奴は今回、全く表に出てこなかったので、関連を調べることから始めないといけない。

クシュリアを匿《かくま》っているはずの奴が無関係とかはあり得ないから、証拠を探さないとね。

あと、キャベンディッシュの出生の秘密とかもね。

今、調べると大変な騒ぎになるので、これも冬休みに持ち越し。

ということで、しばらくはお城にも帰らず、のんびり過ごします！

◆◇◆◇◆

おはようございます。

今日の天気は雪です。

魔法大会事件があってから10日が経ちました。

今日は前期修了式があるだけです。

この10日間は、本当にのんびり過ごしました。

お城では取り調べや事後調査や、関連捜査などで大変だったらしいけど、それはあえて聞かずに、授業に出たり昼寝したり訓練したり昼寝したり、肉を狩りに行ったり昼寝したり料理したり。

ブロッコリー侯爵子息は相変わらず鬱陶《うっとう》しい視線を送ってくるけど無視してるので問題なし。

学園内もアールスハインが普段と変わらない生活をしているせいで、声高に事件を口に出す者もなく。

ちょいちょい見かける元女神も特に変わりなく。

ただ、キャベンディッシュはあからさまに挙動不審だった。

それは自分の出生のことか、事件の際に明らかに内部からの手引きがあったことに関してかは分からないが、怯《おび》え、慌て、開き直り、傲慢《ごうまん》な振る舞いがあったり、ひどく情緒不安定な様子だった。

事件のせいで学園の魔法陣にも多少傷が付いてしまったので、修復を依頼されたりした。

チチャール先生が無理矢理付いてきて、騒いだ挙げ句学園長に追い出されてた。

着替えさせてもらい食堂へ。

食堂の真ん中で無駄にイチャつくバカップルを横目に隅の席のユーグラムたちと合流。

そこそこ美味しくなってきた朝食を食べ、教室へ。

チチャール先生に注意事項を聞いて、講堂で学園長やなんとか大臣の長い話にウトウトして、クラスメイトやユーグラムたちに挨拶して、ボードに乗ってお城へ。

出迎えてくれたのは双子王子とアンネローゼ、それとクレモアナ姫様の婚約者なサディステュー王子。

全員に順番にハグされた。

アンネローゼのハグは絞め技だと思うの。

皆と別れ王様の執務室へ。

諸々《もろもろ》の話は午後の会議でするとして、王様と共に食事室へ。

今日のお昼ご飯はサラダとパンと煮込みハンバーグ。

大人たちのハンバーグのサイズがおかしいけど。

柔らかい肉のハンバーグは美味いよねー、パンも柔らかいし！　とか染々《しみじみ》と思いながら食べてたら、ダイエットが成功して縦伸びもしてスレンダーな体型を手に入れたアンネローゼが、モリモリモリモリモリモリモリ食べてる。

イングリードと同じ量食べてる。

だいぶほっそりと引き締まったウエストのどこに入っているのか謎なほど食べている。

なんだか怖くなってきた。

他の面々もそのことに気付き無言になっている。

しかも食べ方がイングリードよりもワイルド。

なんの反応もしていないのはロクサーヌ王妃様だけ。

平常運転ですか？　これが？　お姫様なのに？

「んん！　アンネローゼ、ずっと気になっていたのですが、貴女の食事の仕方は、少々、いえ、だいぶ品がありませんわ！　せっかく体型が改善されたのに、そのような粗野な食事マナーでは恥ずかしくてよ！」

クレモアナ姫様の言葉に、首を傾げ自分の周りを見るアンネローゼ。

皿の外にまで跳ねるほどではないものの、双子王子と比べても食い散らかしているのは確か。

無言で皿の上を片付けているが、食器がカチャカチャ鳴っている。

無言でクレモアナ姫様だけでなく、リィトリア王妃様にまで見られてる。

「そうね、せっかく見た目は可愛らしく戻ったのだから、年始のパーティーまでは、徹底的な淑女教育ですわね！」

「ええええ！　それでは体が鈍《なま》ってしまいます！　日々の鍛練《たんれん》は休めません！」

クレモアナ姫様の提案に抗議するアンネローゼ。

そこにリィトリア王妃様の、

「…………それは淑女教育では体が鈍ると？」

普段よりも低い声に、

「当然ではありませんか！　せっかく磨き上げた戦闘能力を無駄にするのは嫌です！」

「…………そうですか。一つ聞きたいのですが、貴女はロクサーヌ様には勝てますの？」

「そ、それは、まだ10本に1本取れるかどうかというところですが、だからこそ今サボるわけにはいかないのです！」

「そう、なら貴女は余計に淑女教育を受けなくてはね」

「ですから！　わたくし………」

「だってロクサーヌ様よりも、わたくしの方が強いですもの」

アンネローゼの声を遮ってのリィトリア王妃様の言葉に、男性陣が一斉に目を逸《そ》らす。

「…………は？　ロクサーヌ母様よりもリィトリア母様の方が強い？　なぜそんなご冗談を？」

「冗談ではないわ。ねえ、ロクサーヌ様？」

「あ、ああ。悔しいが今まで一度もリィトリアに勝ったことはないな」

「そ、そ、そんな、本当ですの？　信じられません！」

「ならば一つ試合をいたしましょう！」

なんか女の戦いが始まるそうです！

男性陣は関わらないように、全員が目を逸らしています。

お茶を飲んだら即解散。

怖い物見たさはあるけど、触らぬ神に祟《たた》りなしとも言いますからね！

王様の執務室に、宰相さんと将軍さんとテイルスミヤ長官も集まって、

「さて、アールスハインもいることだし、最初から順を追って話すとしよう」

「では私から。今回の魔法大会事件ですが、魔法大会を狙ったのは一般庶民が多数出入り自由な催しであることから、潜入が楽だと考えられたこと、潜入が楽にできるうえに、多くの高位貴族も集まること、当然その中には王家、つまり陛下や王妃様も来られる可能性が高いこと、主犯の元王妃クシュリアと元聖女の共通の仇と思われる陛下や王妃様を狙うには絶好の機会であったことから、魔法大会が狙われたと予想されます。元魔法庁魔道具師のルガーヌの目的も、本人の弁によれば、天才である自分を不当に解雇した恨みによる犯行だ、とのことです。Aランク冒険者のスコラウスは、金で雇われたそうです」

「その金の出所は？」

「以前、クシュリアが王宮からスコラウスの手引きで逃げた際に、キャベンディッシュ王子に言っていたように、隠し財産なるものがあったようです。それとキャベンディッシュ王子の私物がいくつか換金された形跡もあります」

「キャベンディッシュはそのことを知っているのか？」

「はい、ご本人がマーブル商会傘下の質屋で換金したものを、フレイル・マーブルに託しておりますのを影が確認しております」

「フレイル・マーブルとは、元女神のことだろう？　奴が今回の事件に関与している証拠は見付からぬか？」

「はい、クシュリアの逃亡を手助けしたことは事実ですが、事件に関与した形跡は今のところ見付かっておりません」

「キャベンディッシュは？」

「魔法大会へ、直接手引きしたことが判明しております。おそらく魔道具師ルガーヌの作った魔道具を使用し、一時的に学園のバリアを弱めたのでしょう。これには他の数名の生徒も関与しております」

「ふうーーー。して、魔道具のことは分かったが、冒険者スコラウスの言ったことの真偽

は？」

「クシュリアが王妃時代、度々不貞行為に及んでいたのは事実ですが、関係を持った全員の裏はまだ取れておりません。不当に解雇された者も多くいますので」

「…………キャベンディッシュとの親子確認もせねばな」

「そうでございますね」

「他に分かったことは？」

「以前、アールスハイン王子たちが街外の草原で見付けた地下室の所有者が、魔道具師ルガーヌであったことが判明しております」

「ずいぶんと違法な物が多かったと聞いたが？」

「はい、魔道具を含め、毒物、麻薬、妖精の死体なども多数見付かっております。そしてそれらの入手経路として挙がっているのが、元アブ男爵のアブ商会です。ここ最近の出入りがなかったのは、影の監視を逃れて街の外に出ることが叶《かな》わなかったせいであるようです」

「だが途中で姿を眩《くら》ましたろう？」

「はい、魔道具を使われたらしく、ひと月前から行方を追えずにいましたが、街の出入りには身分証が必要になりますから」

「ならばなぜ、妖獣の取引の時には街を出られた？」

「西街門を守る衛兵の中に、ルーグリア元侯爵家の守衛をしていた、クシュリアの愛人の1人がおりました」

「…………はぁ、私は何も気付きもせずに、ろくに興味もなかったせいで…………これは私の責任でもあるな」

「それは今考えることではないでしょう。それよりも事前に魔道具を用意し、協力者を作り、なんらかの方法でクシュリアと元聖女を融合させるなどという行為に及んでおいて、効果がずいぶんと半端でしたが、実際の魔道具師ルガーヌの腕はその程度だったのでしょうか？」

宰相さんの不審そうな声に、テイルスミア長官が答える。

「奴の腕は普通です。魔法庁にいた頃から、魔力は足りないものの、魔力操作や魔法陣の扱いは他の職員と遜色ない腕でした。そのことから考えても、今回のお粗末な結果は少々腑に落ちないと思っておりました」

「あー、しょれねー、がくえんのー、ばりあのまーどーぐに、まーどーぐあきゅよーぼーちちゅけといたんらよー、ケータ、いーちごとしゅりゅー！（あー、それねー、学園の、バリアの魔道具に、魔道具悪用防止付けといたんだよ、けーた、いい仕事するー！）」

ドヤ顔して言ってみたが、皆さんポカン顔。

「ああ！　あの時ですか？　ですが、あの時の改良は外からの一定出力以上の魔石の持ち込み

禁止だったのでは？」

「ゆーかいしゃれたあとにー、まーどーぐがげんいんで、きづゅかなかったってゆーから、かいりょーちてみた！　まーりょきゅおーいかりゃね！（誘拐されたあとに、魔道具が原因で、気付かなかったって言うから、改良してみた！　魔力多いからね！）」

「ええ？　そういう問題!?」

テイルスミヤ長官がとても驚いてるけど、そんなに難しい魔道具でもなかったよ？　焼き付けにすごい魔力がいるだけの、普通の魔道具です。

「あー、なるほど？　ケータ殿の事前の機転により最悪の事態を防げたってことか………」

「そうですね。ありがたいことです。お陰様で大した被害も出なかったことですし」

「あきゅよーきんち、ちゅけとけばよーかったねー（悪用禁止、付けとけばよかったねー）」

「いやいやいや、そんな簡単に!?」

問題が事前に回避できるならいいじゃない？

「学園のバリアの魔道具は、競技場にも一部適用されていますからな。全てを防ぐのは無理でも、最悪を回避できたのだから、ケータ様のお手柄ですな！　学園に持ち込まれた魔道具は、弱い効果の物を複数使って増幅する形態だったので、学園の魔道具には引っ掛からなかったようですし」

フォローなのか、解説なのか宰相さんの言葉でまとめられました。

王様に撫でられました。

「それで、あと残るは多少の裏付け確認と、その後の処罰、そして親子鑑定か。今回の件でキャベンディッシュの関与もハッキリしたし、実の親子だと判定がなされたとしても処分は免れぬ。そのうえで親子ではないと分かれば、また処分内容は変わってくるな」

「そうですな。クシュリアとキャベンディッシュ王子は、王族を詐称《さしょう》していたことになりますから」

空気が重いです！

「……………キャベンディッシュは戻っているか？」

王様がデュランさんに確認すると、

「いえ、影の者に確認いたしましたところ、フレイル・マーブルのところにいるとのことです」

「……………何か、元女神の関与に繋がる証拠はないものか？」

「魔道具師ルガーヌの魔力不足を、フレイル・マーブルの精霊が補ったと考えたのですが、ルガーヌの言い分ですと、魔力は買い取った魔物から吸い取ったとのことでした。事件の時にもスコラウスの魔力を無理矢理引き出して使っていたことも分かっております。また、魔王にされそうになった少年への関与は、魔道具をいくつか依頼されたのと、毒物と薬物を売っただけ

で、何に使われるか、誰に売ったかはハッキリしませんでした」

「聖輝石に書かれた魔法陣自体は簡素なものでしたし、聖輝石本体の魔力を利用したならば、可能であると思われます。あれは聖輝石を用意すること自体が難しいのであって、依頼を受けただけ、というのは、納得できます。大変不本意ではありますが、今回の件で、元女神フレイル・マーブルを罪に問い処罰することは難しいかと」

「クソッ！　また逃げられるのか！」

「落ち着け、決して逃がしはせん！　いずれ必ず尻尾を掴む！　今はまだ泳がせておく時なだけだ！」

ガンッと机を叩き悔しそうなイングリードを、背をバンバン叩きながら将軍さんが宥める。

「ですが、これはある意味いいことやもしれん。奴の振る舞いを増長させていた一番の原因であるキャベンディッシュ王子が処罰されれば、次の手を打とうと無理をして尻尾を出すやもしれん」

「監視の目を増やそう！」

「いや、下手に増やして勘づかれるのもまずい。今なら事件のあとということで警備の人数を多少増やす方が自然だ」

「ああ、なら学園付近の警戒を強めるように巡回の兵士にも協力を頼もう」

「あとは警戒地区へ出入りする学園生の報告も欲しい。また別の協力者がいないとも限らん」

「分かった。マーブル商会の方はどうだ？」

「今までのところ、怪しい動きはない。それほど規模の大きな商会でもないし、昔から堅実な商売をする、評判のよい商会だな」

「あんまり耳にしねー名だなー？」

「主に取り扱うのは王都の不動産と、商業用の倉庫の管理、あとは質店を数件ほどの中堅の商会だからな。騎士団に世話になるような騒ぎを起こしたこともないし」

「そうかい。そんな堅実な商売人が、なんであんなろくでもねー奴を養子に迎えたんだか？」

「それはまだ調査中だな。養子に迎えた経緯なども、これから分かってくるだろう」

「キャベンディッシュが戻りしだい親子鑑定を行う。それまでは細々とした背後関係の調査と裏付け、といったところだな？」

「そうですね。あと数日もすれば、いろいろと結果も出るでしょう」

「ならば私も覚悟を決めよう」

「では我々も我々にできる仕事をこなしましょう」

「おう、なら俺は学園へ派遣する騎士でも見繕ってくらー！」

将軍さんが勢いよく部屋を出ていけば、王様と宰相さんも各々書類に目を通しだす。

テイルスミヤ長官と部屋を出て別れる。

アールスハインのできる仕事の大半は、もうほとんどサディステュー王子が終わらせてしまったので、やることがない。

流石にクシュリアたちの事件の手伝いとかはできないからね。

やることがないので、とりあえず部屋に向かっていたら、庭で雪まみれになってキャッキャと走り回る双子王子を発見。

同時にこっちに気付いた双子王子が駆け寄って来て、遊びに誘われる。

そこにはサディステュー王子もいて、軽く挨拶して、一緒に遊ぶことに。

このメンバーで遊ぶと言ったら、魔法玉をぶつけ合う追いかけっこが定番になりつつある。

キャッキャと逃げ惑う双子王子を追いかけ回す大人な王子2人、魔法玉をぶつける俺。

いつもは水の魔法玉をぶつけるのだが、今は冬。水の魔法玉で遊んだら怒られるので、他のこと、と考え思い付いたのは毛玉。

魔法で作った毛玉を投げる↓くっつく↓静電気で取れない↓いっぱいくっついたら面白い！と思い付いてしまったので、双子王子にもそのことを報告。そっとマジックバッグの中から出した袋に毛玉を詰めて渡す。

キャーッと駆けながら毛玉を投げる双子王子。

突然毛玉を投げられて驚く大人な王子２人。

爆笑する双子王子とシェル。

更に毛玉を投げる双子王子。

自分にくっついた毛玉を投げ返す大人な王子２人。

しまいに俺以外の全員が毛玉だらけになって、爆笑しました！

一緒に駆け回ってたうちのアニマルたちも漏れなく毛玉まみれです！

ラニアンなんか、毛玉に毛玉が付いてて、なんだか変な生き物になってました！

全員でゲラゲラ笑ってたら、通り掛かったクレモアナ姫様に、ものすごく微妙な顔をされました。

でもデュランさんには怒られなかったよ！

散々遊んで昼寝して、起きたら夕飯の時間でした。

食事室に行ったら、妙にスッキリした顔のリィトリア王妃様と、グッタリボロボロのロクサーヌ王妃様とアンネローゼがいました。

勝敗は一目瞭然だね！

明日からの淑女教育頑張れ！

心の中だけで応援して、ご飯食べて寝ました。

4章　3年の冬休み

おはようございます。

今日の天気は雪です。

今年は雪が多くなるかもなー、と庭師のおじちゃんが言ってました。

着替えて部屋で朝食を食べ、何する〜？　と相談してたら、王様からの呼び出し。

会議室に入ると、王様、イングリード、宰相さん、将軍さん、テイルスミヤ長官が揃ってい
て、なんだか挙動不審なキャベンディッシュがいました。

冬休みが始まってから、元女神の家に入り浸《びた》っていたキャベンディッシュが、強制帰宅させ
られたようです。

「揃ったか、では始めるとしよう」

王様の重々しい声に、

「ち、ち、父上、何が始まるのですか？　わた、わたしは、魔法大会のことは謝ります！　私
は騙されただけなのです！」

焦って言い訳をするキャベンディッシュを見る王様の目は、とても暗い。

他の面々は努めて冷静であろうとしているように見える。

デュランさんが机の上に魔道具を置くと、王様が一滴血を垂らす。

「リングラード」

宰相さんの名を呼べば、

「はい」

宰相さんも返事をして血を垂らす。

当然赤判定。他人であることが分かる。

次に将軍さんが、テイルスミヤ長官が。

当然赤判定。

そして次にイングリード。

青判定。

アールスハインも青判定。

説明もなくただ結果を見せられて戸惑って何も言えないキャベンディッシュに、

「これは親子を鑑定する魔道具だ。結果は今見せた通り正確である。お前と私とが親子である真偽が定かでない可能性が出てきた。キャベンディッシュ、ここに血を垂らせ」

「！　父上！　父上は私をお疑いなのですか!?　賊の言葉を鵜呑《うの》みにしてはなりません！　私

は父上の息子です‼」

「ふぅぅーー。キャベンディッシュ、お前も知っているだろう？　お前の母であるクシュリアの不貞行為の数々を。身の潔白を証明したいのなら、黙ってここに血を垂らせ！」

「‼」

キャベンディッシュはそこまで言われてもまごまごとするばかりで一向に動こうとしない。

痺れを切らしたのはイングリード。

ガッとキャベンディッシュの手を取り、指先にナイフをあてて軽く切り、魔道具に無理矢理血を垂らした。

「兄上！　何をするのです！　それが弟に対する仕打ちですか！　あまりにひどい！」

「黙れキャベンディッシュ！　お前は自分の置かれている立場が分からないのか⁉　これは父上の温情なのだぞ！」

「何が温情なものですか！　賊の言葉を鵜呑みにして、私をお疑いになり、不当な処罰をするつもりではないですか！」

「不当だと？　お前は自分の犯した罪の自覚もないのか⁉　罪人を逃がし、多くの民を危険にさらし、王や王妃を殺害しようとした者の手引きをしたのだぞ！　例え正当な王子であっても許されることではない！」

「そ、そ、それは、私も騙されたのです！　そのことは謝ります！」

「今さら謝って許されることではない！」

イングリードとキャベンディッシュの言い合いの間に、王様が魔道具に血を垂らした。

ピカッと光って出た結果は、赤判定。

言い合っていた2人も含めて無言になる。

「……………………残念だキャベンディッシュ。母の愚かな行いを、子に償わせるものではないと、私は考える。だが、お前はあまりに学ぶべきことを学ばなすぎた。そしてお前自身が罪を犯した。これは裁かなければならぬ」

「あ、あ、あ、わた、わたしは、王族で、王子で、私は！」

「王子だから罪を免れるわけもなかろう。高位の存在ならばこそ、より厳しい処分に処すべきだ」

「あ、うう、あああーーーー」

言葉にならずに泣き崩れるキャベンディッシュ。

「キャベンディッシュ、処罰を言い渡す。貴様は王族籍を剥奪《はくだつ》のうえ、犯罪奴隷とする。行く末は奴隷商に委ねられる」

言葉もなく騎士によって部屋から運び出されるキャベンディッシュ。

重い重い沈黙が続く。

王様は両手で顔を覆って俯いている。

宰相さんと将軍さんが、王様の肩を労《いたわ》るように叩く。

「大臣、主要高位貴族の集まりは？」

「本日の午後には揃います」

「そうか、ならば他の罪人に関してもその場で処罰を言い渡す」

「承知いたしました」

それで会議は終わり。

王様を残して全員が部屋の外に出る。

部屋の扉を閉めた途端、イングリードが顔を覆ってしゃがみこみ、

「はああーーー、重い！」

「しっかりしろ！　お前が潰れてどうする！　こんなのはまだまだ序の口だ！　今回は死人も出なかったからまだまだ軽い！　こんなもんで潰れてちゃーお前、戦《いくさ》なんざ出られやしねーからな！」

将軍さんがイングリードをバンバン叩きながら慰めてるけど、ここ何百年も戦なんてないよね、この国。

まあ、小競り合いとかも戦のうちに入るのかもしれないけど。

自分の息子として、弟として接してきた家族を、自分たちで裁くのはきついよね。

それでも、同情はするけど容赦はしない姿勢は尊敬します。

午前中はちょっと心を落ち着けるために公務をお休みして、午後は罪人の処罰。

お昼ごはんは、気持ちを宥めるためか、王様とイングリードと双子王子と一緒に食べた。

女性陣は淑女教育で忙しいからね。

王様とイングリードが双子王子を抱っこして癒されてた。

今回の事件には、次期王様のクレモアナ姫様は関わってない。

事情や処分内容は話してあるけど、元聖女のことを知らないし、元女神のこともあとから知らされたので、途中参加はしない方がいいとなった。

身内の事件には関わらないのが基本だしね。

謁見《えっけん》の間と言われる大きな部屋には、既に多くの主要高位貴族が集まり、玉座の間には今回処罰される面々が縛られ、魔力封じの首輪をされて座らされている。

王様に続いてイングリード、アールスハインも玉座の下の段差に立つ。

その更に一段下の両脇に宰相さんと将軍さん。

まずは王様が、

「緊急の召集によく集まってくれた。皆も知っての通り、先日の学園での魔法大会襲撃事件の処罰が決定した。宰相」

「はっ！　処罰対象は元王妃クシュリア、元魔法庁魔道具師ルガーヌ、Aランク冒険者スコラウス。なお、第2王子キャベンディッシュと協力関係であった学生数名、他数十名の賊に関しては、既に処罰が決定し刑に処されております」

何人かの貴族が俯いたり、震えたりしてるのは、処罰された学生の身内なのかもしれない。

続けて将軍さんが、

「処罰内容を申し渡す。Aランク冒険者スコラウス」

「Aランク冒険者スコラウス、貴様の罪は罪人の逃亡幇助《ほうじょ》、違法取引、利用されたとはいえ、魔法大会への襲撃、以上のことから冒険者登録永久抹消のうえ、国外追放を申し渡す」

グウウウと呻いたものの反論はしなかったスコラウス。

「次、元魔法庁魔道具師ルガーヌ」

「ルガーヌ、違法取引、違法魔道具の行使、違法薬物、毒物の所持、違法人体実験、魔法大会襲撃、以上の罪で、魔力封じのうえ犯罪奴隷とする」

王様が淡々と告げる処罰に、ルガーヌが、

「王家など呪われればいい！　天才である私を認めなかったばかりか、このような惨めな目に

あわせて！　王家など呪われろ！」

泡を吹いて怒鳴り散らしているが、誰も恐れもしないし相手にもしていない。

「次、元王妃クシュリア」

「クシュリア、不貞行為の数々、第2王子の王族詐称、第3王子への呪いの行使、逃亡、違法取引、魔法大会襲撃の主犯。以上のことから魔力を封じ、犯罪奴隷とし、生涯鉱山婦とする」

「そ、そ、そんな！　鉱山婦などと！　ああ！　あああああああ‼」

クシュリアは叫びながらバタンと気絶した。

「最後に第2王子キャベンディッシュの処罰は既に執行されている。第2王子の罪は、違法魔道具の行使、逃亡幇助、魔法大会襲撃への協力、王族詐称により、犯罪奴隷とし奴隷商へその身柄を預けるものとする」

王様の言葉に沈黙が続く。

「この度の事件は、主犯が、協力者が、王族であったことを皆に謝罪したい。すまなかった」

王様が深く頭を下げるのに合わせて、イングリードとアールスハインも頭を下げる。

他国とかは王族の人間が臣下に頭を下げることなんてあってはならないことらしいけど、この国の王族は、ちゃんと自分の非を認められる人たちなので、頭を下げることもある。

慌てて頭を上げるように言う臣下たち。

ちゃんと王様たちが悪くないことを分かっている。

こんな時こそ付け入る時！　とかはしゃぐ貴族はほとんど……………ほとんどいない。

全然、全くいないかは分かんないけど。

王族との信頼関係が素晴らしいね。

罪人が運び出され、最後まで呪われろ！　って暴れてたルガーヌが、最後の足掻《あが》きなのか、
見たことのない黒い魔法玉を投げてきた。

魔力封じの首輪をされているので魔法は使えないはずだから、魔道具をどこかに隠し持って
たみたい。

まあ、俺のバリアに弾かれて、自分に返っていったけど！

グアアアアア、
と雄叫《おたけ》びを上げて悶絶《もんぜつ》してるルガーヌ。

なんだったのか、あの魔法玉は？

見てるととても痛そうだけど、命に関わることはなさそうなので放置。

そのまま騎士に運び出されていった。

刑はその日のうちに速やかに執行され、クシュリアとスコラウスは各々の場所に運ばれ、ル
ガーヌとキャベンディッシュは同じ犯罪奴隷のオークションに出されることが決定したらしい。

◆◇◆◇◆

おはようございます。

今日の天気も雪です。

それほど大雪ではないけど、２日間続けて降った雪は、窓から見ても俺の身長くらいは積もってる。

昨日の諸々で王城内がなんだか沈んでる。

朝食を食べて、なんとなく双子王子の所へ。

そこには同じ気持ちになったのか、王様とイングリードもいて、サディステュー王子もいた。

双子王子は滅多に揃わない面子にとてもはしゃいでいる。

せっかくの雪なので、雪合戦を教えました！

王様もイングリードも参戦して、２人の護衛騎士も巻き込んで、魔法なしの雪合戦。

王様はちゃんと子供相手の時は加減してくれるし、すごいコントロールがいいのでバスバス当てる。

逆にイングリードはノーコンで、狙った人以外にバスバス当たる。豪速球のノーコン怖い！

アールスハインとサティステュー王子はいろいろそつなくこなす感じ。

騎士たちは拠点を作るために雪で壁を作ったり、素早さが自慢の騎士が遊撃に回ったりしてる。

午前中いっぱい、雪の中で体から湯気が上がるほど遊び倒して、それでも汗と雪とでビショビショの皆で大きなお風呂に入った。

大浴場あったのね？

滅多に使われないらしいけど、手配してくれたのは当然デュランさん。

ずっと双子王子が笑い通し。

その笑い声に、昨日からの陰鬱《いんうつ》な空気が払拭《ふっしょく》されたよう。

風呂上がりには王様もイングリードも笑ってたし。

そのまま男性陣皆で昼ご飯を食べ、まったりして、本当は今日は休みなんだけど、年末なので仕事のある大人たちは仕事へ。

午後も暇なアールスハインは双子王子に付き合って、１日遊び倒しました。

夕飯の席に着いたアンネローゼが、双子王子の１日の報告に、ものすごく恨めしそうな視線をアールスハインに向けてました！

アールスハインは全力で見ないふりしてたけど！

◆◇◆◇◆

おはようございます。

今日の天気は晴れです。

着替えて朝食を食べ、何もやることのないアールスハインです。

年末年始はいろいろと忙しいのは異世界でも共通なのだけど、アールスハインがやってた仕事は、ほとんどを有能なサディステュー王子が片付けてしまったし、雪が多くて訓練場が使えないし、学園の課題は早々に終わらせてるし。

あまりに暇なので、街に遊びに行くことになりました。

平民服を着て、お城の目立たない門から外へ。

街のいたる所に雪山ができているけど、道はちゃんと除雪されてます。

これを人力でやるんだから、この世界の人たちは逞《たくま》しいかぎり。

貴族街にある商店を眺めながら平民街へ。

特に目的もないのでダラッと歩く。

たまに覗くのは武器屋か魔道具屋。

最新の魔道具が冷蔵庫なのはちょっと笑った。

料理長に頼まれて、厨房に巨大冷蔵冷凍庫を設置したばかりだからね。

ブラブラ目的もなく歩いてても、特に寄り道もないのでそれほど時間もかからずに貧民街に到着。

貧民街まで来たので、ついでに学校の様子でも見学していこうと進路を変える。

学校の周りには多くの子供たちや送り迎えなのか大人の姿も見える。

近づいていくと、以前スラムで見た子供の何人かが俺たちに気付いて、声をかけてきた。

「あれー、兄ちゃんたち、久しぶりー！　なんでこんなとこいんのー？」

「ああ、久しぶり。暇だから散歩してたら、こっちに学校があるの思い出して、様子見に来たんだよ」

答えたのは助。

このメンバーで一番人当たりがいいからね。

「へー、ほんと暇なんだなー？」

「んで？　学校はどうよ？　勉強は進んでるか？」

「おう！　バッチリだぜ！　俺はもう全部の文字を覚えたぜ！　まあ、書くのはまだちっと遅いけどよ！」

「おお、スゲーじゃん！　まだ学校始まってひと月半くれーなのに、優秀優秀！」

「へへっ、だろ！　平民街の奴らはスラムの俺らを馬鹿にしてくるけど、あんな奴らに負けねーんだ！」

「おう、お前らの方が喧嘩《けんか》は強いんだから、今度は勉強でも負けんなよ！」

「任せろ！」

学校から教師らしき大人が出てきてアールスハインにお辞儀をするので、子供たちとの話は終わり。

案内されて学校に入っていくと、キャッキャとはしゃぐ子供たち。

学校は今のところ順調のようです。

前にディーグリーに任せたカルタも人気のようです。

学校の教師は、教会の女性神官は別にして、お城の文官とか魔法庁の職員とかが派遣されてるので、アールスハインやシェル、助の顔見知りもいるみたい。

軽く挨拶しながら案内されて、魔法の訓練なんかはまだまだ魔力錬成《れんせい》の玉を中心にしたものだし、体術の訓練は、騎士を引退したおじいちゃんやベテラン冒険者が担当だったりで、ちょっと面白い。

片足義足のおじいちゃんがめっちゃ強かったりね！

学校の仕事の方も順調そう。

冒険者ギルドをはじめ、兵舎の掃除とか雑用とか、大きな商会の雑用とか配達とか、簡単な魔道具の魔力込めとか、そんな仕事が回ってくるようです。

大きな商会は、ディーグリーの所だね！

ちゃんと仕事をすれば、授業を受けられるし、安い値段で食堂でご飯も食べられるそうです。

完全にタダにしないのは、ちゃんと仕事をさせるためです。

タダにしちゃうと、それに甘えて仕事を疎《おろそ》かにしちゃう子も出てくるからね。

噂を聞いた平民街の子も増えたそうで、その子たちとスラムの子たちで小競り合いはあったけど、勝負は勉強で！　って流れに上手く誘導できたので、子供たちのやる気がガンガン上がってるそうです。

ただ、計算はまだまだ難しいらしい。

まずはいろいろな言葉を読み書きできるのが肝心てことで、授業は国語だけ、算数は希望者だけに簡単なものだけ。あとは基礎的な体術と、魔力の多い子には魔力錬成の玉での訓練。

まだまだ学校も始まったばかりだし、貴族の学園を参考にすると上手くいかないので、試行錯誤が必要そうです。

学校に行けない年齢の子供たちは、一時的に教会の孤児院が預かってくれるし、そっちも心

配はないらしい。

ちゃんと迎えに来てくれる人がいると分かれば、脱走はしないそうです。

学校を出ると、先程会ったのとは別のスラムの子たちがいて、また声をかけられた。

学校の様子を見に来たことを告げて、学校の様子を聞いたりしてて、ちょっと気になることが。

平民街から来た子供たちとスラムの子たちでは、明らかに服装が違うので一発で見分けがつくんだけど、当たり前かもしれないけど、雪の中スラムの子たちが薄着すぎる！　そして皆鼻を啜《すす》ってたり垂らしてたり！　これはダメです！

なので、

「ねー、これかりゃじかんあるー？」

「え、うん、もう仕事も授業も終わったから、帰るだけだよ？」

「んじゃー、ふくやしゃんちゅれてって！」

「ええと、服屋さん？」

「しょー」

「いいけど、あんたが着るような上等な服はないよ？」

「このちかくのみしぇでいーよ」

「そう？　ならこっちだよ」

年上っぽい女の子が先導してくれて、男の子たちは孤児院にチビッ子たちを迎えに行くと別れた。

それほどかからず着いた店は、古着屋で大小様々な服がたくさん置いてある店だった。

「ここが一番近くて安い服屋だよ！」

「うんじゃー、おうちにいるこーたちの、ふくをえりゃんで！　しとりさんちゃく、あったかいの！（うんじゃー、お家にいる子たちの、服選んで！　1人3着、暖かいの！）」

「ええ！　そんなお金ないよ！」

「ケータがかちてあげるよ、らからーケータがたのむおちごと、がっこーでやってね！（けーたが貸してあげるよ、だからけーたが頼むお仕事、学校でやってね！）」

「ええと、あんたがたのむ仕事を、あたしらが受ければ、服をくれるってこと？」

「しょー、しゃきばらい！（そー、先払い！）」

「あたしらは難しい仕事はまだできないよ？」

「しゅらむーのこーで、まーりょくあるこーいりゅでしょー？　まーりょくのちごとてちゅだって！」

「あたしも魔力あるって言われたけど、あたしでもできる？」

「うん、でちるー」

「そ、それなら、あたし、うんと頑張るから、皆の分も服をくれる？」

「まじゅはー、しとりさんちゃくまでね。もっとほちくなったりゃー、おちごとばんばって！

（まずは、1人3着までね。もっと欲しくなったら、お仕事頑張って！）」

「ほ、ほ、ほんとに先にもらってもいいの？」

「ことちは、ゆきおーいって、あったかーふくえりゃんでね？　ちょっとおーきめの（今年は、雪多いって、暖かい服選んでね？　ちょっと大きめの）」

「うん、うん！　あいつらすぐ大きくなるから、大きめの選ぶね！」

「おーきしゅぎてもダメよー？」

「ははっ、そうね！」

３人の女の子が、キャッキャと服を選んでいるのをボンヤリと眺めていると、店主のおかみさんが、

「あー、ほんとにいいのかい？　あの子らは言っちゃーなんだけどスラムの子らだよ？」

「ちりあいよー？」

「そうかい、あの子らも可哀想《かわいそう》だし、なんとかならないものかと思っちゃーいるんだけど、あたしらも日々の生活でカツカツだからさ、なかなかねー」

「らいじょぶー、ケータおきゃねもち！」

「ふふふ、そうかい、それじゃーいっぱい買っててってもらおうかね！」

「まかしぇろ！」

「ふふふふふ」

小一時間ほどかけて選んだ大量の服と、フェルトみたいな生地の分厚い布を大量にあるだけ買って会計して、本当に俺が払ったら、おかみさんがぎょっとしてたけど、風呂敷のような布に包んでもらった大量の服を皆で担《かつ》ぐ頃には笑って見送ってくれた。

そのままスラムの建物へ。

大量の服と布と共に帰ってきた仲間にぎょっとして、リーダーな少年に事情を話して、なんとか納得させて皆に服を配った。

あと、もともと貴族の屋敷が崩壊した建物には、排水設備の生きている大浴場があったので、ついでに直してやった！

壊れて使えなかった魔道具もサクッと直してお湯がドバドバ出るようにしたら、子供たち、特に女の子たち大はしゃぎしてた。

この国は水源が豊かなのでお風呂は割と普及してるし、貧民街にも公衆浴場が何カ所かあるんだけど、スラムの子たちが頻繁に使えるほどではないので、毎日入浴する習慣はなかった。

魔力の補充の仕方を教えて、ちゃんと体を洗ってから肩まで浸《つ》かって温まると、病気の予防にもなることを説明すると、皆が真剣な顔で聞いてた。

集団生活は一人が風邪《かぜ》を引くと皆に移っちゃうからね。

それで命を落とした子供も見たことがあるらしい。

清潔にすることと、暖かくすることを教えて、フェルトみたいな生地の分厚い布を布団代わりに、子供何人かずつでまとまって寝れば大丈夫だろうってことで置いてきた。

スラムの子たちと別れて、平民街の食堂で昼ご飯を食い、街の外へ出てボードを飛ばして遊ぶ。

一面真っ白の世界を吹っ飛ばすのはちょっと爽快《そうかい》だった！

夕方にはお城へ戻り皆で夕飯。

アンネローゼの淑女教育への愚痴《ぐち》が止まりません！

それを怖い笑顔で聞いているリィトリア王妃様から全力で目を逸らすロクサーヌ王妃様。

笑ってはいけないないにか。

年末年始までは、そんなふうにのんびり過ごして、年末年始の精進潔斎《しょうじんけっさい》を終えると、一気に華やかなパーティー三昧《ざんまい》になる。

アンネローゼは、ギリギリ合格点で淑女教育を終えたそうです。

まだまだ先は長いわよ！　って言うリィトリア王妃様の言葉を全力で無視してたけど！

◆◇◆◇◆

おはようございます。

今日の天気は曇りです。

庭師のおじさんが言ってた通り、今年は雪が多いみたい。

最近は降ったり止んだりが多いです。

今日からは新年のパーティー三昧の日々です。

俺はお城のパーティーしか出ないけど。

いつもよりちょっと早めに来たシェルに、朝から風呂に入れられ、いい匂いのクリームを塗られ、髪を整えられ、可愛らしいスーツを着せられ食事室へ。

隣を歩くアールスハインも、いつもと違ってビシッと王子様スタイルです。

助もいつもよりはカッチリした騎士服。

シェルはそんなに変わらない、と見せかけて、ベストの縁取りとか、ジャケットの襟とかに然り気なく飾りが付いていた。

食事室には王様とイングリードが揃っていて、ちょっと複雑そうな顔。

「おはようございます」

「はよーこじゃます」

「おはよう」

「おう、おはよう！」

とりあえず挨拶して席に着くと、

「アールスハイン、これからパーティーに出れば噂として聞くかもしれないが、あー………キャベンディッシュは、犯罪奴隷となったあと、オークションにかけられ、そのー、落札されたのは娼館だった………」

「は？」

「あー、だからよ、キャベンディッシュの奴は、男娼《だんしょう》になったってことだ！　奴も顔だけはよかったからな！　ルガーヌの奴も同じ場所へ送られた。既に店に出されてるらしく、過去最高額で競《せ》り落とされたらしいぞ！」

「はあ、えー、なんと言えばいいか………」

「まあ、面白可笑しく話す奴が出てくるだろうが、気にすんな！　奴は自業自得だった！」

「ああ、はい」

確かに微妙な気分にはなるね！

王様も微妙な顔になってるし！

３人で微妙な気分になってるところへ軽い足音。

「「おはよーございます」」

双子王子がメイドさんに手を引かれて挨拶してきたけど、まだ眠そう。

いつもより支度《したく》の時間分早かったからね！

双子王子も可愛らしい王子スタイル。

いつもはフワフワの髪がユルッと整えられている。

次にアンネローゼとロクサーヌ王妃様。

「おはようございます！」

「おはよう、みんな！」

２人は朝から元気ですね！

朝稽古してたらしいよ！

「おはようございます」

次はサディステュー王子、爽《さわ》やかですね！

「おはようございます！」

「おはようございます。あら、わたくしが最後でしたの？　遅れて申し訳ありません」

リィトリア王妃様にクレモアナ姫様。

皆で朝ご飯を食べる。

アンネローゼ曰《いわ》く、地獄の淑女教育を越えたらしく、食べ方がだいぶ上品になった。

リィトリア王妃様とクレモアナ姫様の目が光ってるからね！

パーティー仕様なのか、女性陣の肌がいつもよりも更にツヤツヤしてる。

ロクサーヌ王妃様は、ツヤツヤ通り越してテカテカしてて、リィトリア王妃様のチェックが入ってた。

お高い美容液は、大量に塗ればいいってものではないらしい。

食事のせいで口許《くちもと》がテカテカのアンネローゼにも厳しいチェックが！

午前中から始まる子供たちも参加するパーティーまでに、指導が入るそうです！

午前中のパーティーは、13歳までの子供たちとその保護者が主な招待客で、それはそれは賑《にぎ》やかなパーティーである。

俺は別に参加しなくてもいいんだけど、双子王子に拉致《らち》られました。

両手を繋がれ強制参加。

ついでにアールスハインも仕方なく参加。

去年よりもだいぶ背の伸びた双子王子に手を繋がれてるのはなんだか複雑。

俺だって伸びたんだよ！　15センチくらい！

参加者の中で、俺が一番小さく見える。

ワチャワチャと子供たちと遊んで、食べて、程々のところで退散。

アンネローゼは久しぶりに会う幼年学園の友達に囲まれながら、おすまし顔で菓子を貪り食ってた！

ちょっとお昼寝して、着替えさせられ夜の部へ。

王族控え室で待ってると、王様とサディステュー王子が和気藹々《わきあいあい》と話しながら来て、続いてイングリード。

男ばっかりで軽食を食べながら話してると、女性３人が到着。

テカテカだったロクサーヌ王妃様も無事にツヤツヤになってドレス姿で登場。

全員がそれぞれ違う方向の美人です！

これで揃ったと思って待機してると、デュランさんに連れられたイライザ嬢の到着。

すかさずイングリードが立ってエスコートしてきた。

うん、美女と野獣ですな！

妙にお似合いなのが不思議。

時間になったのでまずは王様とロクサーヌ王妃様の入場、続いてクレモアナ姫様とサディステュー王子、リィトリア王妃様をエスコートして俺も抱っこしてるアールスハインの入場、最後にイングリードとイライザ嬢。

王様と王妃様２人が席に着き、その一段下に王子たち、イライザ嬢もね。

集まった招待客たちが一斉に礼を取って、王様が立ち上がり頭を上げさせ、まずは王族から犯罪者を出してしまったことを詫びて、それでもパーティーに参加してくれたことへの感謝を述べて、開始の声をかけると、ワッと一気に賑やかになる。

楽団の音楽が流れ、最初に踊るのは王様とロクサーヌ王妃様、クレモアナ姫様とサディステュー王子の２組。

クルクルと優雅に1曲踊り、王様がリィトリア王妃様に手を差し伸べる。

ロクサーヌ王妃様と交代してもう1曲、クレモアナ姫様たちはもう1曲、そこにイングリードとイライザ嬢も混ざって３組で踊る。

2曲目が終われば、今度は今年デビュタントを迎える子供たちが一斉に踊り出す。

それが終わればあとは特に順番もなく、踊りたい人が踊る。

キラッキラのシャンデリアの下で、鮮やかな髪色で鮮やかなドレスを着た人たちがクルクル踊る。

目がチカチカクラクラします！

宝石だってシャンデリアに反射して更にキラッキラ。ついついアールスハインの肩に目を伏せちゃうよね！

眠いわけではないので背中をポンポンはいりません！

高位貴族や大臣とかの粗方《あらかた》の挨拶が終われば、あとは好きにしていい。

肉食系令嬢が、1人減った王子に目をギランギランさせてます！

俺は今日もアールスハインの虫除けに使われております！

露出の多い令嬢たちに周りを囲まれながら、会場を一回り。王族としてなんの交流もなく下がることはできないからね。

クラスメイトや元クラスメイトと挨拶して、少し話したりして、壁際の助の所に到着。

「お疲れ様です！」

「ああ、そっちも」

2人ともこういう場はあまり得意ではない様子。

「なに、ケータはもうおねむ？」

「ちなう、めーくりゃくりゃするらけー（違う、目クラクラするだけー）」

「あー、これだけ一度に見ると、確かに」

アールスハインの肩にずっと目を擦り付けてたら納得された。

そのまま食事の並ぶテーブルへ。

普段より豪華な料理の並びに、唐揚げやトンカツ、オークカツが並んでますけど？

白い服着た少年たちが、下品にならないギリギリでがっついている。

料理長がそのぶっとい腕をムリッと盛り上げながら追加の大皿を持って待機中。

好評なようで何よりです？

皆が演習中に料理長と一緒に試作しまくった食パンのサンドイッチも好評。

オムレツを挟んだサンドイッチとフルーツサンドが令嬢たちに人気のようです。

俺も見たことない料理を中心に摘まんでいく。

肉は柔らかくなってきたけど、味付けが濃いのはまだなんとも。

なので一口ずつ食っては隣へ。

食いかけを躊躇なく食う王子。

助も同じく。

その様子をいつの間にか来た、シェルがずっと笑ってる。

今日の主役はデビュタントした子供たちなので、そんなに遅くまではパーティーも続かない。

大人なパーティーは明日からが本番なので、今日はここまで。

◆◇◆◇◆

おはようございます。

今日の天気は雪です。

それでもパーティーはあるので、朝から騎士たちによる雪掻《ゆきか》きが大忙しです。

アールスハインと助も混ざって雪掻きしてます。

俺は魔法でやってます。

皆は肉体強化の訓練も兼ねているので、さすがに半裸になったり爆笑はしてないけど、ニヤニヤはしてるので怪しい集団には変わりない。

今日からのパーティーは夕方から始まるので、昼過ぎくらいまではのんびりです。

女性陣はそうもいかないけどね！

アンネローゼはまだ大人パーティーには参加できないので、淑女教育が休みになってはしゃいでいます。

今日から始まる大人パーティーは、カオスなパーティーになることが多い。

高位貴族が主役とは言え、酒が入ると人の口は軽くなるのか、魔法大会事件やその後の断罪

劇、今年の夏に行われる王族2組の結婚式など、王族中心の話題で盛り上がっている。

話題の王族の皆様は、上手にあしらってる。

流石に高位貴族の面々だけあって、更に追及するようなことは控えてるけど、誰かが話し出せば、皆興味津々で聞き耳を立てている。

俺にまで話を振ってくるおっさんとかもいるけど、分かんな〜いと惚けといた。

挨拶も済んで料理も摘まんだので、早々に退散。

◆◇◆◇◆

おはようございます。

今日も朝から雪掻きです。

お昼まで雪掻きをして、ちょっとのんびりしたらパーティーの支度をして、昨日と同じように入場。

長い列の挨拶が終わる頃には、だいぶ出来上がってる紳士淑女の皆様が。

今日のパーティーは、選ばれた低位貴族や大商会の商会主などが呼ばれていて、たまに高位貴族が混じってたりする。

昨日よりもカオスな様相。

お酒が入って気が大きくなって、声も大きくなる人多数。

話題の中心は昨日と同じく王族。

特に、キャベンディッシュの行く末について大声で話す人たち。

実際にキャベンディッシュの売られた娼館に足を運んだ物好きもいたりして、昨日よりも具体的な話題が多い。

聞こえてきた話では、キャベンディッシュは過去最高額で競り落とされたが、奴隷の首輪をしていてさえ傲慢な態度は改善されず、指名した客から大変な顰蹙を買っているだとか、店に出てまだ数日なのに、ルガーヌに既に負けているとか、そのことで更に癇癪《かんしゃく》を起こしているとか。

ルガーヌはもともと、今は没落した準男爵家の出身で、その綺麗な顔に惚《ほ》れ込んだ高位貴族の末亡人に売られそうになったところを魔法の才能を買われ、学園に特待生として入学したんだとか、その後も綺麗な顔のせいで散々な目にあったせいで、性格がねじ曲がったとか。

その行き着いた先が娼館なのに、その憂いの表情が堪らないだとか、話題にしてた人たちが笑ってた。

そんな話がそこらじゅうで話されてて、王族の皆様が、よく見ると大変微妙な顔をしていた。

なんにしても、キャベンディッシュは無駄に元気そうですね！

ちなみにだけど、ルガーヌとキャベンディッシュの奴隷の首輪を作ったのは俺です。

一応、魔法庁のエリートな魔道具師だったルガーヌは、何度奴隷の首輪を嵌めても勝手に取り外し逃げようとするので、外れない奴隷の首輪を娼館から魔法庁に依頼が出てたので、作ってやりました！

逃亡防止と破壊不可、自殺防止と美貌保持を付けてやりました！　ププッ！

美貌保持は、普通の奴隷の首輪なら魔力を完全に遮断しちゃうんだけど、ルガーヌはスコラウスの魔力を取り込んで、高魔力保持者になっちゃったので、その魔力を全部美容に向けてやった感じ！　荒れた生活でも肌荒れや染み皺《じわ》が出ないようにね！　娼館で1日も長く働けるようにしてやったさ！

キャベンディッシュにも同じ物を付けてやったさ！　プププッ！

◆◇◆◇◆

浮かれたパーティー三昧の年始から5カ月経ちました。

学園の3年生は、1、2年と違って選択式の専門授業があるので、いつものメンバーとばか

りいるわけではなかったけど、特に事件も事故もなく、危険なのは週1の調理実習くらい。

元女神は動きは怪しいんだけど、何がしたいのか目的がまるで分からない。

なので定期的に影の人の報告を聞いたり、実際に見に行ったりしてみたけど、報告通り挙動不審なだけで、何をしてるのかは謎だった。

お城では結婚式の準備が本格的に忙しくなってきたらしく、いつ帰ってもなんだかバタバタしてて落ち着かなかった。

なので週末や連休には肉狩りに行ったり、双子王子のお供で湖に行ったりしてた。


おはようございます。

今日の天気は台風です。

この世界の台風は、庭師のおじちゃんの、

「おー、今年は大風《おおかぜ》が吹くなー」

と言うのんびりした予告の1週間後に来ました。

1週間あったので、予防策を万全に整えることができたので、慌てる人はあまりいません。

街中にも庭師のおじちゃん並みに、予告する人がいるそうです。

予報も進路予測もない世界の台風は、規模が大きかった。

米国のハリケーン並み？

毎年、1年に何度も来るわけではなく、何年かに一度来る暴風雨を大風と言うそうです。

ひどい年は建物や木が薙ぎ倒されて更地になる場所なんかもあるんだとか。

だいたい1週間くらい続く台風。

心配になったのでスラムの建物に行ってみたら、スラムの子たちは荷物を持って学校に避難するそうです。

それなら安全かと安心してたら、リーダーな少年が建物を見ながらボソッと、

「帰ってこれっかな」

とか言うので、こっそり見えないバリアを張っといたよ！

学園はバリアに守られてるので通常通り。

俺は興味のない授業には付き合わず、お城から料理長が押しかけてきて、いろいろ料理の開発。

菓子パンを作ったり、クロワッサン、デニッシュパンなども作った！

あとは米も解禁！　去年できた新米が年明けに届いたからね！

なぜ秋じゃないかというと、アマテ国とは気候が違うからです。

アマテ国では年末辺りが米の収穫時期になるらしい。

王太子主導で米を大々的に作らせ、大量に収穫したものを国が一括で買い上げ、それをこの国の商人が大量購入したお陰で、国庫が大変潤《うるお》ったそうです。

アマテ国のスサナ王太子から直々に感謝の手紙がきたよ。

米の食べ方も一緒に公表したら、かっっったいパンを主食にしてた国民には衝撃だったのか、一時期米ブームが来たほど。

なんにでも合う米は、今や主食の一部に食い込んでいるとか。

チビッ子たちにも大人気!

お陰様で俺でも食えるレストランメニューが増えました!

今年はこの国の湿地帯での米作りも開始されるらしい。

役にたたなかった湿地帯を領地に持つ貴族が、チャンスとばかりに張りきっているそうです。

なので米のメニュー開発も。

混ぜご飯、炊き込みご飯、チャーハン、おにぎり、ちらし寿司といろいろ作った。

残念ながら握り寿司は、魔物の生食は危険! って鑑定に出てしまったので断念。

そのうちタタキとか炙《あぶ》りで食べられないか検討します!

料理長が張り切り過ぎて、調理室を一室貸し切り交渉をして、いろいろな調味料や調理道具を持ち込んでるので、麺料理も解禁。

そしてカレーを作っちゃった！

前世のルーで作るカレーも好きだし美味しいけど、一からスパイスを選んで作るカレーは、とても刺激的。

料理長が大興奮！

アールスハインたちは見た目に抵抗があったらしいし、助が泣きながら食ってるのにもドン引きしてたけど、一口二口食べたら無言でガツガツしだしたのでお口に合ったようです。

料理長が貸し切り契約する時に、学園長に料理を提供する約束をさせられたんだけど、最初は普通に学園の侍従さんが運んでたのに、ひと月もせずに一緒に食べ始めた。

ついでにテイルスミヤ長官とカイル先生、チチャール先生も付いてきた。

一番広い調理室が貸し切りになった。

そんな平和で騒がしい日々を送る中、やっぱり元女神が挙動不審。

あれだけいた取り巻きもだいぶ減って、今はたまに1人か2人一緒にいる姿を見ても、すぐに離れていく。

キャベンディッシュの権力のお零《こぼ》れを狙ってた低位貴族の次男三男はあっという間に離れていったしね。

焦っているのか、隠れて壁を蹴《け》ることも増えた。

ただ、意味不明過ぎて何を言ってるのか分からないのが困りもの。

魔法大会襲撃の時にか前にか、魔力を補充したらしく、付いてる精霊の力が一時期上がって、調子に乗って授業の時に魔法を連発してたらしいけど、今はおとなしくなってる。

あと、ストーカーのブロッコリー侯爵子息は、俺が一人で学園内を飛んでると、どこからともなく現れて、うちに来ればこんないい待遇ですよーとか、具体的な条件を提示してきたりする。

王宮よりいい待遇ってなにさ？　と思うのでガン無視してるけど！

害はないけど鬱陶しいです！

なのでこの頃は、単独行動中は常に認識阻害をかけてます。


おはようございます。

今日の天気も台風です。

起きて一番最初に目に入るのは、ベッド脇に設置された大きめの籠《かご》の中でごちゃっと纏まって眠るアニマルたち。

だんだん数が増えて、ベッドで一緒に寝ると必ず俺が落とされる羽目になるので、シェルが用意してくれました。

寝起きでぼんやりと眺めてた籠の中。

アールスハインの一抱えほどある大きな籠に詰まってるアニマルたち。

ソラとハクとは出会ってもう2年近く。

ラニアンとは1年近く。

プラムとは半年。

ハクは変わりなく。

ソラはなぜか、子猫の姿が成長し、小型化しても成猫サイズ、しかもかなりデブ猫。

巨大化するとカッコいい、引き締まった体つきなのに、小型化すると途端にふてぶてしい面構えのデブ猫になるのはなぜ？

ラニアンは毛玉のままだけど、毛玉から耳と手足がはみ出るようになった。

大きさも俺の腰くらいまで成長した。

まだまだ子犬だけど！

そしてプラムは、この半年で、俺より頭二つ分大きくなった！

双子王子と同じサイズ。

魔力はアニマルたちの中で一番弱いんだけど、頭はいいみたい。

なにかと他のアニマルたちの面倒をよく見ている。

そしてなぜか、四足歩行より二足歩行の方が早い。

アニマルたちの成長がうらめし、いやいや羨ましいです！

この1年で3個食べた世界樹の実は、俺の聖輝石を大きくはしたけど、身長にはなんの影響も及ぼさなかった！　最初に15センチ伸びたのが嘘か錯覚かのように、1ミリも伸びなかった！

ひどい話だ。

テイルスミヤ長官の話では、この状態が成長した姿なのでは？　とかなんとか。

ひどい話だ。

俺が起きると、アニマルたちも揃って起き出し、俺に向かって挨拶するようにすり寄ってくる。

可愛いけど一度には無理よ！

聖魔法玉を1個ずつ食べさせ、ベッド下のスペースで準備体操と発声練習。

アニマルたちも真似するのが可愛い。

プラム以外は全然できてないけど！

シェルが来て着替え。

シェルに着替えさせてもらっていると、正面のプラムが器用にシャツのボタンを留めてくれる。

俺だってボタンくらい留められるよ！　でもプラムの方が早いのは確か。

なので最近の俺の服は、どこかしらにボタンが使われてるのが多い。

心なしかプラムがシェルにドヤ顔をするまでが流れ。

それを毎回シェルが笑ってる。

皆揃って食堂へ。

俺とプラムは魔道具に乗って、ソラとラニアンは走って、ハクは助の頭の上。

この2年で従魔と呼ばれるペットを連れた生徒がだいぶ増えた。

そのほとんどは大人しい魔物に、契約の首輪と呼ばれる魔道具を着けて飼うんだけど、中には妖獣もいる。

妖獣を飼ってる生徒は尊敬の眼差《まなざ》しで見られてる。

契約の首輪はお互いの同意がないと嵌められないので、仲良くなって穏便に首輪を嵌めさせてもらわないといけない。

それができない生徒が僻《ひが》んで、たまに嫌がらせをしてくるそうです。

奴隷の首輪を改良して無理やり従魔にする方法もあるけど、魔力を封じられちゃうので、あんまり意味はない。

そもそも奴隷の首輪を着けてたら、学園の魔道具に弾かれて、敷地に入れないか、奴隷の首

輪が壊れるかするからね！

なので、俺が単独でアニマルたちを連れ歩いていると、ちょいちょいちょっかいを掛けられる。

たまにこっそり連れていこうとする奴もいるけど、俺のアニマルたちは強いので簡単に撃退されてる。

その撃退方法が、段々容赦なくなってるのは仕方ないと思うよ！

そして連れ去ろうとする中には、元女神もいる。

ラニアンは元女神の所にいたんだけど、虐待に近い飼い方をされてたのか、奴が近づくだけで最大級の警戒態勢を取る。

仲間が昔苛《いじ》められてたのを知ったアニマルたちは、撃退に容赦がない。

流石に血を流すような撃退はしないけど、痣《あざ》や打ち身はできてるだろうね！

目的が分からないから、絶対に渡さないけど！

ついでに以前魔王にされそうになってた少年から抜いた呪いも少しずつ返してる。

呪いと相性がいいのかどうなのか、特に体に異常をきたすこともなく、ちょっとぶつけた程度の痛みは感じてるらしいが、ピンピンしてる。ちょっとずつ返す呪いの量を増やしてるんだけどね？

あとひと月もすれば卒業式、その後には国を挙げての結婚式がある。

助とも話した結果、乙女ゲームに固執する元女神のこと、事件を起こすなら何か大きなイベントの時だろうと予測。

妹の話では、卒業式が最終のイベントなことが多いらしいし。

それまでに何があっても大丈夫なように、いろいろ備えておこうって話になった。

学園の巨大魔道具の改良もしたし、学園内の見回りの騎士も増えたし、Fクラス以外の学生にはバリア強化を習わせたりした。

落ちこぼれクラスと言われるFクラスの生徒には、卒業式が近くなったら回数制限のある使い捨て魔道具を個人個人に配布して、自分の身は自分で守れる態勢を作った。

あと、やれることは？

柔らかい肉の美味しさは学園の食堂から広まって、今は貴族を中心にダンジョン産ではない魔物肉の処理方法も広まってきたので、料理長には今、魚介類の美味さをプレゼン中。

蟹と海老と貝しか今のところないけど、ダンジョンで肉を確保するために冷凍冷蔵の魔道具は大量に作ったし、今後も量産していく予定なので、余裕が出てくれば商人が持つこともそう遠くないだろう。

その前に魚介類の美味さを広めないとね！

生食はできなくても、表面にさっと火を通すだけで食えることが判明。

まあでも、いきなり生は抵抗あるだろうから、それは徐々に慣らしていく予定。

蟹のグラタン、コロッケ、フライ、天ぷら、チャーハン、スープ。

海老のフライに、天ぷら、炒め物、スープ。

貝の網焼き、バター焼き、酒蒸し、炊き込みご飯。

思い付くまま作りまくった。

豆板醤はなかったけど、似たような香辛料を見付けたので、エビチリモドキも作ったよ！

料理長が大興奮。

今までにない食材の、今までにない料理。

ただ、俺が作れるのは家庭料理。

なのでパーティーで出すならいろいろ工夫してね！

その辺はプロに丸投げ。

外は台風で大変だけど、学園はとても平和です。

そうそう、学園でも有名な放蕩息子の伯爵子息が、なんと！　キャベンディッシュをご指名で娼館に行ってきたそうです。

その放蕩息子の言うことには、キャベンディッシュは娼館のナンバー3なんだとか、この5

カ月不動のナンバー1は、元魔道具師ルガーヌで、貴族のご指名があとを絶たないとか。

娼館には男女関係なく訪れる。

だが、ルガーヌとキャベンディッシュを指名する客は全て男で、ルガーヌの客は貴族が多く、キャベンディッシュの客は冒険者や商人が多いそう。

ずっと食堂の真ん中で無駄にイチャついていた元女神に、放蕩息子が近寄ってニヤニヤしながら声も高々に喋ってた。

そして2人は犯罪奴隷なので、売り上げの半分が孤児院やスラムの環境改善の費用や、犯罪被害者の治療や生活費に当てられるそうだ。

奴隷になってからの方が、社会の役に立ってるね！

それで言うと、元聖女と元王妃クシュリアの混合物は、魔法庁で調べても元に戻るのは不可能とされ、そのままの状態で鉱山婦として連行された。

鉱山婦とは、表向きは鉱山で働く犯罪奴隷の食事やなんかの世話係とされてるけど、実は娼婦と大して変わらない。

娼婦は、犯罪奴隷以外は一応本人納得のうえで契約がされるけど、鉱山婦は女に飢えた犯罪奴隷の巣窟《そうくつ》に女を放つわけだから……………まあそういうことだ。

鉱山の看守をしている人からの報告では、奴はここが性に合ってるだろうってことらしいよ。

王様騙して男を取っ替え引っ替えしてたらしいからね。

元聖女の方だってもともとビッチだったんだから、ある意味逆ハーでウハウハなんだろうね！

元冒険者のスコラウスは国を出るまでは騎士が付いていてたけど、隣の国境から先は一切関わらなかったので、行方は分からない。

ただ、ルガーヌに使われた魔道具のせいで、もともと赤魔力があったのに、事件後は黄色魔力しか残っておらず、それ以上の回復は望めないってことなので、いろいろ生きづらくなってるだろうね。

5章　さらばダ女神

おはようございます。

今日の天気は晴れです。

今日はいよいよ卒業式当日です。

この半年、何があっても対処できるように準備してきたけど、いざ本番になると、多少緊張します。

何もなく過ごせるのが一番なんだけどね！

朝ご飯を食べに食堂に着くと、いつもの奥の隅の席にはクラスメイトのガブリエラ・トマスティー嬢とその取り巻きの令嬢たちが、朝ご飯も食べずに陣取っている。

またかと思う。

この半年、前にも増してアールスハインへのアプローチが激しくなっている。

何かにつけて接触しようと必死になっているが、今日は卒業式なこともあって突撃してきたらしい。

初対面の印象の通り、取り巻きの令嬢たちを顎《あご》で使い、アールスハインが行きそうな場所を

見張ってたり、教室でも隙があれば話しかけてくる。

ただ、令嬢たちで流行っているどこそこのブランドでドレスを仕立てたとか、美味しいと話題のカフェにオープン当日に行ったとか、希少な宝石を父親に買ってもらったとか、自慢したいのか話題が他にないのか捲《まく》し立てるだけで、アールスハインには一欠片《かけら》も興味のない話ばかり。

しかもいかに自分が贅沢《ぜいたく》をしてて、金のかかる令嬢かを自慢げに語っている。

王子の気を引きたいなら、もうちょっと賢いところをアピールしないとダメだろう？　と思うの。

Sクラス入りしてるので、完全なるお馬鹿さんではないだろうに、ずいぶんと頓珍漢《とんちんかん》なお嬢様だ。

食堂入り口には、認識阻害をかけたディーグリーとユーグラムが既にいて、こっちに手を振ってる。

素早く移動し朝食を食べてさっさと移動。

教室にも見張りの令嬢がいるけど、時間までは認識阻害のバリアの中にいるので問題ない。

時間ギリギリになってガブリエラ嬢たちが優雅に教室に入ってきたが、認識阻害を解いた俺たちが席に着いていているのを見て、一瞬ものすごい怖い顔で睨んできたのは見逃さなかった。

チチャール先生に卒業を祝われ、式の段取りを聞いて、講堂へ移動。

移動中もガブリエラ嬢たちが周りを囲んで、しきりに話しかけてくるが、やっぱり話題が頓珍漢。

ガン無視されてるディーグリーと、魔道具ごと押しやられた俺は、ちょっと離れた所から、アールスハインの反応のなさに密かに笑ってた。

ユーグラムは取り巻きの令嬢に囲まれて、祈るような仕草でウットリ眺められてて、それもまた笑った。

ユーグラムに向けられる視線には、多分に憧れとか、好意とかが含まれてるのに、アールスハインを見るガブリエラ嬢の目は、欲しか見えない。

アールスハインも分かっているのか、生返事するだけで相手にもしていない。

講堂に着くと、大きな拍手と共に迎え入れられ、舞台の真ん前の席に着き、学園長や大臣、なんか偉そうな人たちに祝辞を述べられる。

最後に生徒会長だったユーグラムがお礼の言葉を述べて終了。

令嬢たちが、我先にと講堂を出ていく。

卒業パーティーの準備をするためだ。

この時ばかりは、ガブリエラ嬢ももののすごい早さでいなくなった。

ここまでは何事もなく無事。

影の人の話では、先週辺りから、元女神の動きが怪しさを増したそうです。

令嬢たちとは違って、それほど支度に時間のかからない子息たちはのんびりと講堂を出る。

支度に忙しいのは卒業生の令嬢だけなのに、足早に講堂を出ていく元女神を発見。

付いていこうとしたけど、人波に押されて見失った。

これは何かある、と確信。

ダンスの試験にも使われるホールは、磨き上げられ、シャンデリアがいくつもぶら下がって、キラッキラしてる。

2年生の侍従科の生徒を中心にキビキビと配膳をし、グラスを配り歩く。

色取り取りの衣装を着た子息たち、夏のパーティーなので露出の多いドレスな令嬢たち。

テラスや外へのガラス戸は全て解放されていて、陽光も入ってくる。

うん、眩《まぶ》しい！

目がチカチカクラクラで、それだけでダメージ大な俺です！

これは攻撃ですか⁉

アールスハイン、ユーグラム、ディーグリーに助と、今回は卒業生側で珍しく正装なシェルなどと共に入場したら、速攻目を殺《や》られました！

パーティーは、一番身分の高いカップルのダンスから始まる。

アールスハインとイライザ嬢はカップルじゃないけど、２人がまず踊り、その後は誰が踊ってもいいことになっている。

俺が目を殺られて抱っこされてるディーグリーの肩にグリグリ顔を押し付けている間に令嬢たちに囲まれたユーグラム、シェル。

ダンスを終えてこっちに来たアールスハインも速攻囲まれた。

ディーグリーと助と俺は見事に蚊帳《かや》の外へ追い出された。

パーティーなのでアニマルたちはお留守番。

仕方なくディーグリーに抱っこされて、目が回復するまで待機。

自分の目に回復魔法って効くかな？　とやってみたら、無事成功！　と喜んでいたら、

「ねえケータ、自分の日になんかやった？」

「まぶちーから、かいふくまほーかけた」

「目の周りに、漫画の縦線みたいの入ってるよ？」

「ふぇー、まぶちくないなりゃいーよ」

「なんか企んでそうで怖いよ？」

「たくらんでーのは、もとめぎゃみーよ？」

「そういうことでなく」

「まぶちーのがわりゅい」

「あーまー、それは分かるけど」

「ブフッ、ククククク！　ケータ様、すごく悪い生き物に見えるよね！」

ディーグリーにまで言われたので、目の前に色付きのバリアを張ってやった！　サングラスみたいに！

「グフッ、今度は一気に生意気そうになった！　ククククク」

「ナハハハハ！　確かに生意気そー！」

眩しくて目を殺られるよりマシです！

お昼時なので、料理コーナーも充実してるのでそっちに移動。

パーティー料理なのに、おにぎりが大量に並んでるのはどうかと思うけど、好評のようです。

1個1個が大きいおにぎりを、一口食って助にパス。

おにぎりの中には肉の塊が！　濃いめに味付けされた唐揚げが入ってたよ！

テーブルには唐揚げの山があるのに、おにぎりにも入れるとは、どんだけ唐揚げ好きかよ！

俺でも食えるメニューが増えたのは喜ばしいことだが、普通パーティーメニューって、一口大でいろんなメニューを食べられるようにするもんじゃない？　と激しく疑問。

お城のパーティー料理は、見た目も華やかで、上品な一口大の料理が並んでたよ？

学生相手だから違うのだろうか？

皆、モリモリ食ってるし。

ディーグリーに抱っこされながら料理をモリモリ食ってると、アールスハインたちが合流。

とても疲れた顔をしている。

「おちゅかれー」

「ああ、本当に疲れた！」

「はい、疲れました」

「ぶふっ！　ケータ様、お似合いですねグフッ」

シェルだけ感想がおかしい。

笑ってるし！

アールスハインたちも釣られて笑ってるし！

まあいいけど。

置いてこられた令嬢たちは、こっちを睨んでるけど構わず料理をモリモリ食べる。

いつの間にかアールスハインに抱っこがチェンジしてるけど、構わず食べる。

皆もモリモリモリモリモリモリモリ食べる。

唐揚げおにぎりが好評。

今度、角煮おにぎりを作ってやろう！

粗方の料理を制覇して、果実水片手に落ち着いてると、テラスで寛いでた人たちから一斉に悲鳴が！

バタバタと中に入ってきて、倒れ込む人多数。

速やかに外へ移動するアールスハイン。

助、シェル、ユーグラムとディーグリーも同行。

外にいたのは、なんか気持ち悪い触手を振り回すグロい生き物。

誰かがマンイーターとか叫んでる。

スッポンの甲羅《こうら》部分にイソギンチャクを付けたような生き物。

その全体から黒い靄、と言うより瘴気《しょうき》を振り撒いてる。

触れた木や草が黒く溶けたように崩れる。

そしてその前に立ちはだかるのは、卒業生でもないのに煌《きら》びやかなドレスを着た元女神。

細い剣を片手に、もう片手で魔法玉を撃ってる。

「皆様下がって！　ここは私が！」

とか叫んでる。

魔物は触手を振り回して、逃げ遅れた生徒を攻撃している。

だが、この半年の集中訓練で皆は上手にバリアを張れるようになったので、多少の怪我はあっても重傷者は1人もいない。

ユーグラムの魔法玉で触手を弾き、逃げ遅れた生徒をアールスハインが誘導してホールに逃がす。

ディーグリーと助が腰を抜かして動けない令嬢をホールに運び入れ、シェルはホール内の怪我人の確認。

俺がホール全体を覆うようにバリアを張って、避難終了。

その間中ずっと、魔物に攻撃し続けている元女神。

まず、卒業生でもないのにドレスを着ているのがおかしい。

次に、パーティーなのに武器を所持してるのがおかしい。

更に、元女神にのみ一切攻撃をせずに、避難終了した途端、やる気なさそうに半目になった魔物もおかしい。

以上のことから、これが元女神の企みなのだと確信する。

大方、パーティーに突如現れた異形の魔物を、華麗に退治した私！　とかを演出したいのだろう。

それにしては、魔物の凶悪さが足りないし、攻撃がお粗末過ぎる。

元女神に付いてる精霊が、一時30センチくらいになったのに、今は5センチくらいで、1匹しかいないし。

もう1匹どこ行った？

さて、生徒の安全は確保したし、魔物は元女神には攻撃する様子もないし、どうする？

「ちょっとケータ、やる気が出ないのは分かるけど、鼻ほじんの止めて！　笑っちゃって戦闘態勢取れないから！」

「らってー、ひま！」

「そーだけどさー」

「ありぇ、じしゃくじえんだん、てーだしゅいみないだん（あれ、自作自演じゃん、手出す意味ないじゃん）」

「そーねー、もうちょっと考えてほしいよねー。でもあのデカイのどっから出したんだろうね？」

「こちにつけてるポーチが、まーどーぐね。のりょわれてっけろ（腰に着けてるポーチが、魔道具ね。呪われてっけど）」

「あー、生き物入れられるマジックバッグとかあるんだ？」

「たびゅんねー、まーものちかいれらりないとか？（たぶんねー、魔物しか入れられないとか？）」

「あー、なるほど？」

その間も魔法玉を撃ちまくり、細い剣でつついてる元女神。

魔法玉の威力が目に見えて弱っている。

5センチくらいあった精霊の存在が今にも消えそう！

手を出さずに観察を続ければ、パチンと弾けるように消えた精霊。

あれ？　ご臨終？

魔法玉が撃てないことに激しい舌打ちをした元女神は、それでも剣でつついてる。

だいぶ息が上がって、チラチラチラチラチラチラこっちを見てる。

「で？　どうするよあれ」

緩く傍観してたら、アールスハインがあれをどうするか聞いてきた。

「うーん、そもそもマンイーターって、あんなに大きくないですよね？　背中の触手とかもないですし？」

「図鑑で見た限りでは、普通のマンイーターの背中は甲羅だったな？」

「ってことは、なんらかの改造をされてるってことじゃないでしょうか？　普通に倒して、瘴

気とか撒き散らしたりしませんかね？」

「ああ、その可能性もあるのか？」

「んじゃーケータやりゅよ！　バリアで包んでボンてしゅる！」

「ボンて何よ？」

「んふふー」

では早速！

魔物をすっぽりバリアに入れて、ほじってた鼻くそをぽいっ！　魔物に当たった途端、
チュドドドガガガーーーンン
と爆発。

魔物は呆気なくお亡くなりになりました！

しばらく呆気に取られていたが、ハッと俺を見て、すかさず助が、

「…………………なんていう攻撃を！　鼻くそって！」

突っ込んできた。

シェルには受けた模様。

床をビタンビタン叩きながら爆笑しております！

「ちゃばんには、ちゃばーんでかえしゃないとね！（茶番には、茶番で返さないとね！）」

「ブフッ！　ククククク！　アハハハハハハ！」

「フフフフ、フフフフフフフ‼」

「アハッ、アハハハハハハハ！」

「もー、皆笑ってないで、ちょっとは注意しないとー。グフッ、ナハハハハハハ！　鼻くそって！　アハッ、ナハハハハハハ！」

2番目に大笑いしてますけど？

バリアを消して残骸を見ると、瀕死の精霊。

俺と目が合うなりパチンと弾けて消えました！

身内だけで爆笑してたら、様子を窺《うかが》ってたホール内の人たちが安全であることを知って、ゆっくりと近づいてきた。

ちょっと距離があって、鼻くそは気付かなかったみたい。

爆笑してる5人を不思議そうに見てる。

それに納得いかないのは元女神。

グヌヌって顔をしてるけど、ホールから出てきた人たちに、

「魔物は退治しました！　もう安全です！」

とか、自分が倒した設定で話し始めた。

そこに駆けつける教師数名。

事情を知らない生徒に誉められている元女神と、俺たちを別室に連行。

別室には、学園長、カイル先生、チチャール先生、テイルスミヤ長官のいつもの（？）メンバー。

こんなに間近で接する機会のないアールスハインたちに浮かれてる元女神が揃い、

「さて、状況を説明してくれるかい？」

学園長の低い声に一瞬ビクッとしたあと、元女神が、

「はい。あの、パーティーに出席していたら、突然魔物が現れて！　私は、皆さんを守らなきゃって思って！　必死に戦って、なんとか倒しました！」

さも自分の手柄であるように満面の笑みで宣《のたま》う元女神。

教師陣の視線は疑わしげ。

「彼女はこう言っているが、事実かね？」

低い声のままアールスハインに聞く学園長。

「いえ、一応彼女も戦う姿勢は見せてはいましたが…………悲鳴を聞いて私たちが駆け付けた時、マンイーターと思われる魔物は複数の生徒に攻撃を仕掛けていましたが、一番近くにいた彼女には一切攻撃を向けませんでした。避難誘導し、ホールの安全を確保したあとは、

一切攻撃する素振りもなく、半分眠っているような状態でした」

「半分眠ってた？」

「そのように見えました」

「その間、彼女は攻撃を続けていたのかね？」

「はい、レイピアと魔法玉での攻撃を」

「それでも反撃せずに？」

「はい」

「……………そうか、それで？　その後どうやって倒したのかね？」

「あー…………マンイーターと思われる魔物は、背中に触手を生やし、その触手から瘴気のようなものを撒き散らしていたので、倒す際に更に被害が出ないように、ケータがバリアで囲い込み…………………」

「グフッ、ブフッ」

シェルが途中で笑いだした！　ここは我慢しなきゃ！　アールスハインがとても言いづらそう。

教師陣が訝《いぶか》しそうにシェルを見たあと、

「それで？」

「あー、えーと、鼻くそを飛ばして、爆破しました」

「グブーーーッ、フハッ！　し、失礼しました」

「なんて？」

「あー、ですから、ケータが、鼻くそを飛ばして爆破しました」

「鼻くそ」

学園長が真面目な顔で鼻くそとか言うから、ソファ裏に立ってたシェルが崩れ落ち、ソファの陰で痙攣《けいれん》しております！

「「「「「…………………………」」」」」

無言で見るの止めてください！

「グフッ…………鼻くそ、ブハッ！　ギャハハハハハッ！　なんだそれ！　意味分かんねー！　鼻くそって！　ギャハッギャハハハハハ」

カイル先生が爆笑しだした。

テイルスミヤ長官も釣られて笑いだし、チチャール先生が困った顔をしながらも笑って、学園長が眉間《みけん》に深い皺を作ってる。

しばらくの間、爆笑が部屋に響き渡っていたが、バンッと机を叩き立ち上がって、

「なんでですか！　魔物を倒したのは私よ！　手柄を横取りするつもり？」

ものすごい形相で俺を睨んできた元女神の声で、場がシンとなる。

「あんなこーげち、いみないだん（あんな攻撃、意味ないじゃん）」

「なんですって！　何言ってるか意味分かんないのはあんたの方よ！　子供は黙ってなさい！」

見た目幼児な俺に、唾を飛ばして怒鳴り付ける女のなんと醜悪なことか。

「しょのポーチにいれてちたんでしょー？　まーどーぐらもんねー（そのポーチに入れてきたんでしょ？　魔道具だもんね）」

「それは本当ですか？　ちょっと失礼！」

「いやっ！　ちょっと、なんすんのよ！」

元女神の抗議の声も無視して、テイルスミヤ長官が奪うようにポーチを取ると、黒いウニョウニョが出てるポーチを繁々と眺める。

取り返そうと手を伸ばす元女神を、カイル先生が押さえ込んでる。

チチャール先生までポーチをガン見して、

「なるほど。中途半端に呪いを解いたせいで、性能が変わり、魔物を1体だけ生きたまま収容できる魔道具になったようですね。道理で学園のバリアに反応しないわけだ」

「…………それは、この女生徒が犯人ということですか？」

「違うわ！　私は皆を救ったのよ！こんな扱い間違ってる！」

「ええ、犯人でしょうね。マンイーターの魔力の残滓《ざんし》が残っています。大方自分に都合のいいように改造した魔物を、持ち込んだのでしょうね」

「魔物の改造とは、また物騒《ぶっそう》なことをしでかすものだ」

「じーびゅんのしぇーれーちゅかったんでしょー？（自分の精霊つかったんでしょー？）」

「精霊？　確かに彼女は、精霊に付かれたからこの学園に途中編入を許しましたが？」

「しょのせーれーちゅかって、まーものかいじょーちたんれしょー？　いま、しぇーれーいないち。みんなきえちゃったもんねー（その精霊使って、魔物改造したんでしょ？　今、精霊いないし。皆消えちゃったもんね）」

「う、う、うるさいわね！　あんたには関係ないでしょ！」

「それが本当ならば由々《ゆゆ》しき問題ですね。貴女の魔力量では学園に在籍する権利も失いますから」

「そ、そりゃ、私の魔力は少ないけど、皆を救うために命懸けたのよ！」

「まだとぼける気ですか？　貴女に魔力はないでしょう？　精霊の力を自分の力と偽って編入試験も誤魔化したようですし。現に今の貴女からは、一欠片の魔力も感じませんよ！」

「もともとこの学園に入る資格すらなかったと？　そのうえで、このような事件を起こすとは」

学園長の視線がものすごく冷たい。

部屋の中にいる全員が、元女神を犯人と断定。

本人だけが、無駄に抵抗してる。

「この事件は、精霊を使った魔物の改造など、学園内で処理するのは危険ですね。騎士団に通報します。その前に彼女を在学無効とします」

「な、な、なんでよう！　私は皆を救った聖女でしょう！　なんで私が疑われて、退学になるのよ！　こんなの許さないから！」

「おまーのゆるちなんていりゃねーち（お前の許しなんていらねーし）」

「退学ではなく、在学無効です。貴女がこの学園に在籍していたことを無効とします！　警備員を呼んで、この部屋でしばらく見張るように。騎士団に連絡しますので、到着し次第速やかに引き渡すように」

学園長が部屋の外に待機してた学園の侍従さんに言うと、侍従さんは素早く移動。警備員を呼びに行ったのだろう。

間もなく警備員を連れて戻った侍従さんと警備員に、あとのことを任せて、

「さて、卒業パーティーの続きをしましょうか」

と部屋を出ていった。

俺たちもそのあとを追う。

後ろでなんか叫んでるけど、全員ガン無視。

さて、今度こそ、楽しいパーティーの始まりです！

でもその前に、庭をちゃんと浄化しないとね！

綺麗に浄化はできたけど、焦げたり溶けたりした木や草は戻らない。

学園長がちょっと悲しげな顔をしてたけど、気を取り直して、パーティーの再開を宣言した。

その後のパーティーは大いに盛り上がった。

多少の危険は、なんかのスパイス的な盛り上がり。

お酒に慣れてないのに、ガバガバ飲んでへべれけになる生徒が多数。

学園のパーティーなので、弱いお酒しか置いてないのに、皆、よくそこまで酔えるね？　ってほど。

酔った勢いですごい絡まれる！

特に酔った令嬢の、愚痴が止まらない！

アールスハインに色仕掛けをしたいのに、幼児な俺がいるから上手くいかない！　とか、俺に言うことじゃないと思うの！

なので、そんな奴には片っ端から酔い醒《ざ》ましの魔法玉をぶつけてやりました！

酔いが醒めた途端、顔を真っ青にしてものすごい早さで撤収していった。

そしてアールスハインと離れた隙に、ブロッコリー侯爵子息にも絡まれた！

最後通告だ！　とか言ってたけど、それでもしつこく条件の話とかをしてくるから、鼻くそほじりながら聞いてたら、怒り出したので、鼻くそをポイッとね！

流石に目の前で爆発はさせませんよ？　助は慌ててたけど！

その代わり、頭頂部に着弾した鼻くそを起点に、ブロッコリー侯爵子息の髪が、クルンクルンと丸まっていくのを観察。

やがて見事なブロッコリー頭の完成！　もちろん、アフロ的なファンキーなのではなく、ただただもっさりとしたブロッコリーヘア！

シェル撃沈。

助も口許を隠し、必死に笑いを堪えている。

気付いてないのは本人のみ。

「ちょっ、ケータ、なんであんな頭にしてんの？！」

「ぶりょっこりーこーしゃくらから、ぶりょっこりーあたまにちたよ！（ブロッコリー侯爵だから、ブロッコリー頭にしたよ！）」

「グフッ！　イヤ、ロッコリー侯爵だから！　ブロッコリー侯爵じゃないから！」

「しょーらっけ？」

「あれだけ毎回名乗ってたのに、ホントに覚える気なかったのね！」

笑いながら呆れられました！

周りの人たちも気付いていて、必死に笑いを堪えています。

取り巻きの一人が、ブロッコリー侯爵子息にこそっと耳打ちすると、頭に手をやって、ワナワナするブロッコリー侯爵子息。

ポケットから手鏡を取り出し自分の頭を見たのか、更にワナワナ。

その度にワサワサするブロッコリーヘア。

周りで見てた誰かが、ブフッ！　と吹き出したのをきっかけにドッと笑いが起こった。

ワナワナワサワサしながらもブロッコリー侯爵子息は、恥ずかしくなったのか、走り去っていった。

外はだいぶ暗くなって、そこここでピンクな雰囲気のカップルが多数誕生して、酔っ払いがホールの隅に転がる頃、新生徒会長のメガネが閉会の挨拶をして、卒業パーティーは終了。

あとは部屋に帰って、アニマルたちをモフり、風呂入って寝た。

◆◇◆◇◆

おはようございます。
今日の天気は曇りです。
昨日卒業したので、今日から1週間以内に寮を片付けて出ていかなければいけません。
まあ、マジックバッグがあるので、今日中にも出ていけるんだけど。
朝ご飯を食べに食堂へ。
食堂のあちこちで別れを惜しむ生徒たち。
今日はあえて認識阻害をかけずに食堂に入っていくと、いつもの席にユーグラムたち。
の前にズズイ！　と出てきたガブリエラ嬢たち。
「アールスハイン殿下、今日こそ、お食事をご一緒してよろしくて!?」
なんで上から目線で申し込んでくるんだろう？
目力《めぢから》半端ないし！　怖いし！
魔道具ごと押しやられてるし！
多少抵抗したが、令嬢に強く出られないアールスハインは、強引に連行されていった。
なので俺は普通にユーグラムたちとご飯を食べた。
助もシェルもシレッとこっちで食ってるし！
緩く話す中で、ユーグラムもディーグリーも今日中に退寮予定であることが分かった。

お昼は皆で、最後に調理室を借りて、ご飯を食べよう！　って約束して別れた。

部屋の片付けは簡単。

マジックバッグにポイポイするだけ。

だいぶ遅れて部屋に戻ったアールスハインは、なんかボロボロのヨレヨレだった。

特に理由は聞きません！

モテ男を僻んでるわけではありません！

持ち込んだ物を収納しちゃうと、部屋はただの箱になった。

意味もなくちょっと切なくなったけど、早めに終わったので、さっさと調理室に移動。

さて、何作る～？

昨日は散々唐揚げを食ったので、今日は海鮮！

でも生では食えないので、クラムチャウダーと海老を贅沢に挟んだ、ボリューム満点のサンドイッチ、蟹の身の天ぷら、フライドポテト、サラダ、以上。

肉がないことに助とディーグリーは不満そうだったけど、サンドイッチを一口食って無言でガブガブし始めたので、問題なし。

エビチリとレタスを大量に挟んだサンドイッチ。

食べ応えがすごい！

海老がブリンブリンしてる！

あああー、マヨネーズが欲しい！

卵の衛生面がクリアできれば、作れるのにー、と1人モンモンしながら食った。

柔らかい食パンはいいねー！

蟹の天ぷらも美味い！

クラムチャウダーは、貝の出汁が半端ない。

皆で腹がパンパンになるまで食って、片付けてお別れ。

変に暗くなることもなくあっさり別れた。

またね～！　って。

スイッと飛んでお城に帰って参りました。

まずは王様への挨拶。

執務室に行くと、王様以外に、宰相さん、将軍さん、イングリードとサディステュー王子までいた。

「父上、無事、卒業して参りました」

「ああ、優秀な成績での卒業、父として誇らしく思う。卒業おめでとう！」

「ありがとうございます」

「ちっと優秀過ぎだけどな！　俺とは大違いだ！　アッハッハッハ！　卒業おめでとう！」

イングリードがアールスハインの肩をバンバン叩きながら卒業を祝ってる。

「ああ、お前は問題児だったたからなー」

「ええ、数々の逸話が残っていますね」

将軍さんと宰相さんが、ニヤニヤしながらイングリードに言えば、イングリードはアッハッハッハと笑うばかり。

王様も苦笑してるし。

詳しく聞いてみたい気もするが、王様が真剣な顔になったので、部屋の空気が変わる。

「それで、学園から連絡を受けて奴を牢に入れたが、詳しく聞きたい」

「はい」

アールスハインが昨日のことを話し終える頃、テイルスミヤ長官が部屋に入ってきて、魔道具を起動。

昨日のホールでの一部始終が映像で流れた。

腰に付けたポーチから魔物を取り出し、ホールを襲うよう指示してるところもバッチリ映ってる。

途中、魔物を見たイングリードが、

「うわっきもっ！」

と言った通り、皆が顔をしかめて映像を見ている。

が、俺が鼻くそを飛ばして魔物を爆破した途端、ポカーンと口を開け、映像をしばらく凝視して固まった。

シェルとテイルスミヤ長官の笑い声だけが部屋に響く。

アールスハインは苦笑して俺を撫でている。

「グフッ、な、アッハッハッハ！　アッハッハッハーハハハハ!!」

イングリードの笑いによって、触発されたように皆が爆笑しだした！

普段滅多に表情を変えないデュランさんまで笑ってる！

一しきり、二しきり？　笑った面々は、

「あー、やべぇ、久々にこんなに笑った！」

「ああ、なんと言うか、痛快だったな！」

「アッハッハッハ、アーッハッハッ！」

「はー、お腹痛い！　可笑しい！　お腹痛い！」

まだ笑ってる。

サディステュー王子はお腹を押さえて涙目になってるし。

「はぁーーーー、あー、そうだな、これで奴を正式に処罰できる。が、刑をどうするか？」

「あー、結局、大した怪我人もいなかったからなー。通常なら、労役くらいか？」

「だが、それでは納得がいかねーなー？」

「そうですな！　奴の今までの所業の数々を思うと」

「そんな生易しい罰じゃー許せねーな！」

「生きてることを後悔するくれーじゃなきゃな！」

「ええと、すみません、事情が分からないのですが？」

「ああ、サディステュー殿下。今回貴殿に参加いただいたのは、事情を知っていてほしかったからです。クレモアナ殿下は、王として相応《ふさわ》しい人格と能力の持ち主ですが、少々、隠し事には向かない正直過ぎるきらいがありますからな」

「ああ、はい。彼女は嘘が下手ですからね」

微笑ましそうに言うサディステュー王子。

その顔にはちゃんと愛情が滲んでいるので、皆もほっこりする。

宰相さんによって、今までの顛末《てんまつ》と、元女神の正体が明かされ、その処罰をどうしようか皆で考える。

サディステュー王子は、元女神の存在に驚き、その所業に憤り、真剣に処罰を考えているが、

皆と同様思い付かないでいる。

「どうしたものか…………」

宰相さんの声に皆が沈黙するので、提案してみた。

「はーい、かみしゃまにもらったー、しんきーちゅかいたいれす！（はーい、神様にもらった、神器使いたいです！）」

「しんきーとは、それはなんだ？」

王様が言うので、マジックバッグからピコピコハンマーを取り出して見せる。

受け取った王様が、心底不思議そうに、

「これは？」

と聞いてくるので、

「しんきー、かみしゃまにもらった」

と答えたのに、不思議顔のまま。

「それは、新たなる神から与えられた神器です。元女神を罰するために、ケータに与えられました」

王様がちょっと慌てて俺にピコピコハンマーを返してくる。

「神から与えられた…………」

皆さん呆然としています。

「…………………して、それはどのように使う？」

目力半端ない顔で皆に見られてます！

「えっとー、たたいてー、ケータのおもったーいちものにへーしんしゃしぇる？（えっとー、叩いて、けーたの思った生き物に変身させる？）」

「うむ、分からん！」

「ケータもちゅかったことないかりゃねー」

「とにかく、試してみるか？」

「そうだな、どっちみち奴を助けることにはならんだろー」

ってことで、牢屋に全員で移動。

牢屋は地下に作られていて、階段を降りていくと、ギャーギャーと耳障りな声が。

牢屋には他にも何人か収容されているが、皆、耳を塞いでとても迷惑そう。

一番奥の牢屋に入れられた元女神は、ギャーギャー叫んでいたのをビタッと止めて、俺をものすごい形相で睨んでくる。

他の収容者に見えない聞こえないように、不透明のバリアで仕切りを付ける。

元女神は、手足を壁の鎖に繋がれて身動きできないのに、こっちに来ようとしてジャラジャ

ラしてる。

「あんたのせいよ！　あんたのせいで、私はこんな目にあってるんだから！　絶対に許さないから！　ここから出たら覚えてなさい！」

喚く喚く。

なので本人に納得させるためにも、魔道具起動。

壁に映し出される自分の姿に、だんだん顔を青くしていく元女神。

「どうして！　あの監視魔道具は全部潰したのに！」

とかブツブツ言ってる。

潰されたのが分かったので、当日の朝に再設置しましたが何か？

一部始終を見終わった元女神は、

「クソックソックソッ！　なんでこんなに上手くいかないのよ！」

まだブツブツしてる。

そんな元女神に、

「どうしようもない奴だな。己の行為を省《かえり》みることもせずに、責任を転嫁するその様は醜悪に過ぎる。これが我々が長い年月信奉していた女神の成れの果てとは…………」

王様の呟くような声に、

「な、な、な！　なんでそれを知ってんのよ！」

驚愕に目を見開いて慌てる元女神。

「あったことあるろー？　かみしゃまのしぇかいで（会ったことあるだろー？　神様の世界で）」

「はあ？　知らないわよ！」

「おまーに、ぶっとばしゃれたんらけどー？」

「知らないって言ってんでしょ！　そんなことより早くここから出しなさいよ！」

「出すわけねーだろ！　犯罪者が！　反省する気もねーのか？　こっちは、テメーが女神だったことも、世界を好き勝手したことも知ってんだよ！」

「はあー？　それの何がいけないのよ？　私は女神よ！　私の世界を私が好きにして何がいけないのよ？　ばっかじゃないの？」

開き直った挙げ句、いまだに女神気取りって！

「らから、ちっかくなったのにねー」

「はあ？　なんにも知らないガキが！　黙ってろ！」

「なにひとちゅ、しゅくわないかみなんてー、いりゃないだろー（何一つ、救わない神なんて、いらないだろー）」

「黙ってろっつってんだろ！」

「…………………これはもう、言葉の通じない魔物だな。これ以上の問答は無駄だ。ケータ殿、ご随意に」

王様の一言に、将軍さんが牢屋の鍵を開ける。

ギギギギーーと耳障りな音を立てて開いた扉から中へ。

一応、希望を取りましょう！

「にゃんかー、きぼーありましゅか？」

「うむ、通じないのであれば、言葉はいらぬだろう？」

「人間じゃねー生き物！」

「すぐに討伐されるのは納得がいきませんね！」

「なんか、クセーのとかどうよ？」

「嫌われもの？」

順に王様、イングリード、テイルスミヤ長官、将軍さん、サディステュー王子も控えめに意見を言う。

その意見を聞いて、シェルと宰相さんが壁を向いて笑ってる。

「あー、まーそんな感じで！」

「りょーかーい！」

そしてピコピコハンマーを振りかぶる俺！

「んーと、くしゃくてー、ぐりょくてー、がんじょーで、にゃがいちのー、こーげちりょくのない、きおくをのこちたままのー、いもむちになーれー！（えーと、臭くて、グロくて、頑丈で、長生きの、攻撃力のない、記憶を残したままの、イモムシになーれー！）」

「ピコーーーーー」

と、牢屋に間抜けな音が響く。

顔面に叩き付けたピコピコハンマーの接触面から、ピシピシと音を立てて元女神の体がひび割れていき、ポロポロと欠片が落ちていく。

欠片が剥がれ落ち、現れたのは、生肉色のイモムシ。

表面がヌメヌメと粘着質で、漂う悪臭の元凶。

「ピギーーーーー」

何かを訴えたいようだが、言葉ではなく鳴き声にしかならない。

ピコピコハンマーも折れて消えちゃったし。

うむ、ほぼ想像通りですな！

「あ、こりぇもかえしゅよー」

残っていた魔王君の呪いも全部返還。

頑丈にしたから、死にはしないだろう！

案の定、痛みに悶えてはいるが、無事のよう。

ただし、その体表面に、黒い血管のように呪いが蠢いている様は、更に醜悪さが増した。

「しゅーりょー！」

「おう、ごくろーさん！　それにしてもクセーな！　早く出ようぜ！」

将軍さんに抱っこされて牢屋から出る。

皆も鼻を摘まんでる。

確かにひどい悪臭。

「以後、お前はその姿で生きていけ」

王様が告げて、出口に向かうのに皆が従う。

地下から出た途端、全員で深呼吸。

「ブフッ、クククククク、フハッ！　アハハハハハハ！」

耐えられなかったシェルが笑い出せば、全員が釣られて笑い出す。

お城の隅の隅にある、地下牢の入り口で笑い転げる国の重鎮たち。

なかなかにシュール！

ピロリン。

久々に聞く音に、スマホを取り出しメール着信の確認。

笑笑笑笑笑笑笑笑笑笑笑

画面いっぱいに笑の文字。呪いかしら？

連絡が来たので一応報告をしようと、電話をかけると、ワンコールも鳴らずに応答。相手は抱腹絶倒《ほうふくぜっとう》の真っ最中でした。

息も絶え絶えに笑っております！

「しゅーりょーちまちたー」

『ヒャーッヒャッヒャッヒャ、ゲホッグフッ、ヒャーッヒャッヒャッ、アハアハ、ヒーヒー、ブフゥ、アッハッハッハ…………………』

ブツッとね！　笑い過ぎて会話にならないそうです！　まあいいや！

やっと皆の笑いも収まり、

「そうだな、奴をしばらく放置してから、軽犯罪者にでも遠くの森に捨てさせるか？」

「ああ、いいなそれ！　魔物にも殺られやしねーんだろー？」

「しょーね、どりゃごんにくわれても、うんこになってでてくりゅね！（そーね、ドラゴンに喰われても、ウンコになって出てくるね！）」

「ブフゥーー！　グフッ、止めてケータ様！　笑い死ぬ！　フハックククククク」

シェル撃沈。

床を転げております！

まあ、他の皆も笑ってるし、サディステュー王子も腹抱えてるし。

こうして元女神の断罪は、抱腹絶倒と共に終了しました！

「ブフーーーッ、ククククク…………」

夜になっても続く笑い声に、シェル笑い過ぎ！　って注意したら、こいつ俺の顔見てまた笑い出しやがりましたよ！

◆◇◆◇◆

おはようございます。

今日の天気は晴れです。

夏なのに爽やかな朝。

いつもより早く目が覚めたので、リビングでコーヒー片手にぼーっとしてます。

「おはようケータ、今日は早いな？」

「はよー、めーしゃめた。コーヒーのむ？」

「お、いいねー！」

助にコーヒーを出し、2人で並んでぼんやりする。

「あー、ケータさー、ケータは今後どーすんの？　アールスハイン王子とずっと一緒にいんの？」

「んーん、ひめしゃまのけっこんちきおわったりゃー、おちろでてーく（ううん、姫様の結婚式終わったら、お城出てく）」

「あー、そうなの？」

「うん、もとめぎゃみーかたじゅいたち（うん、元女神片付いたし）」

「元女神のことがあったから、ずっと城にいたんだ？」

「しょーねー、たちわりゅいのわかってたちー、たしゅけてくれたかみしゃまが、こまってたちー（そーねー、質悪いの分かってたし、助けてくれた神様が、困ってたしー）」

「なるほどねー。ケータの性格なら、人の世話になってるのは性に合わないだろうし、なんでかなーって思ってた。んで？　これからどーすんのよ？」

「しぇっかく、いしぇかいきたんらからー、しぇかいじゅーみてみたい！（せっかく、異世界来たんだから、世界中見てみたい）」

「あーいーねー！　俺も行こっかな？」

「うちとかはー？　あとごえーは？（家とかは？　あと護衛は？）」

「家はいーよ、上に兄貴いっぱいいるし、護衛は代わりがいるだろうし」

「んじゃーいっしょいきゅ？」

「おう、行こうぜ！」

軽く握手して決定。

アールスハインにはいつ言おう？

シェルが来て、アールスハインが来て、朝ご飯食べて、騎士団の訓練に混ざって。

アンネローゼが乱入してきて、リィトリア王妃様に捕獲されてって。

お昼ご飯を食べて、双子王子と遊び倒して、夕飯食べて寝る。

とても平和。

旅に出れば、こんな穏やかな日常はしばらく味わえないだろうと思うと、ちょっと切なくなるね！

あ、そう言えば、元女神なイモムシの養子先のマーブル商会は事件とは無関係でした！

もともと養子にした経緯は、とある子爵家の子息が、行き倒れてた元女神に一目惚れして、結婚するために、付き合いのあったマーブル商会の養子にするよう命令を出したらしい。

マーブル商会の商会長は、貴族とのより強い繋がりができるならって、了承したとか。

だけど、精霊付きなのが判明して、学園に入れたら、あっという間に王子と知り合って親しくしだしたので、どうしたらいいか分からなかったそうです。

学園で人目も憚《はばか》らずイチャつく2人を見た子爵家子息も、すぐさま熱が冷めて、放置したんだとか。

そして事件。しかも主犯。

マーブル商会の商会長は、騎士が取り調べに来るまで、全く予想もしてなかった事態らしく、泡を吹いて倒れたとか。

その後速やかに養子縁組みを解消し、今後一切関わらないと、誓約書まで書いたとか。

まあ、臭いイモムシになっちゃったあとのことだけどね！

◆◇◆◇◆

おはようございます。

今日の天気は雨です。

クレモアナ姫様とイングリードの結婚式まであと2日。

ここ数日アールスハインは何か忙しそう。

俺は双子王子に拉致られて付き合ってないので、何をしてるかは不明。

なのでまだ旅に出ることは言えていません。

朝ご飯も昼ご飯も食べ終わり、双子王子は今日はお友達が来るので別行動。

部屋でアニマルたちとコロコロ戯れていると、深刻な顔をしたアールスハインに、話がある、とか言われた。

起き上がって聞く体勢になると、シェルがお茶を淹れてくれる。

何か言いにくいのか、なかなか話さないアールスハイン。

「はなちってー？」

「ああ、その、俺は、このまま城にいても大したことができるわけでもなく、王家が所有する爵位をいただいて一貴族として王家に仕えるのも何か違う気がしてて、ここ最近、父上や兄上にいろいろ相談してて…………それで、俺は、本の中ではこの国のことを多く学んでいるが、実際にはほとんど知らないことばかりだ。だから、俺は、この国を知るために、旅に出ようと思う！」

「きちだんとー？」

「いや、冒険者として」

「おーじにゃのにー？」

「ああ、王子では見えないものを見てみたい！　それで、できれば、ケータとティタクティスには、同行してもらえると、その、嬉しいんだが……」

うむ、イケメンでも王子の上目遣いは萌《も》えない。

「いーよー」

「いや、頼りたいとか、守られたいとかではなく！　純粋に、一緒に旅をしたら、楽しそうだと思って！　っていいのか？」

「いーよー、たのちそーらし！」

「ククッ、俺もいいですよ、楽しそうだし！」

「え、あ、ありがとう」

ちょっと赤くなってるよ、この王子。

青少年らしく微笑ましいが萌えぬ。

ぜひ、可愛い女の子にやってもらいたい！

「シェルはー？」

「いえ、私は。デュランを越えるという野望がありますので！」

目標じゃなくて野望なんだ？

「あと、結婚するので！」

爽やかな顔で爆弾を放り込んできたよ！

「「はあーーー!?」」

「聞いてないぞ!?」

「ああ、はい。特に式とかは挙げないので」

「いやいやいや、言えよ！　それで？　相手は？　俺たちの知ってる人か？」

シレッと答えるシェルに、助まで突っ込みだした。

「知ってますね。騎士団の副将軍のアッパーなので」

「「はあーーー？　マジで！」」

「はい」

ほんのり頬を染めて答えるシェル。

騎士団の常識人、苦労人と言われる副将軍のアッパー。

地味で無口で、将軍のストッパーでめっちゃ強いアッパー。

衝撃は受けたけど、シェルが幸せそうだし、いいんじゃない？

「おめれとー」

「ふふっ、ありがとうございます！」

「「おめでとう」」

「ありがとうございます」

「そんで？　どうして2人は付き合うようになったんだ？」

助がニヤニヤしながら聞くのに、シェルもニヤリとして、

「皆さんのお陰ですよ。騎士団の訓練に参加する皆さんについていって知り合ったので」

「あー、そうなの」

なんか妙に納得する俺たち。

男同士で結婚ってのは馴染みはないが、この国では普通のことらしいので差別はない。

お互い仕事があるので、お城の既婚者寮に住むらしい。

クレモアナ姫様とイングリードの結婚式のあとに引っ越すらしいよ。

「おしゅわわせにー」

「ありがとうございます！」

アールスハインの専属じゃなくなっても、シェルの心配はなさそうです。

夕飯を食べに食事室に行くと、いつもの光景。

ロクサーヌ王妃様、リィトリア王妃様、クレモアナ姫様にサディステュー王子、アンネローゼ、双子王子。

王様とイングリードはまだのようだけど。

…………………？　何かがいつもと違う？

間違い探しをしているようでスッキリしない。

「どうしたケータ？」

「んむー？　…………………あ！」

いつもとは魔力の流れが違います！

いつものメンバーに、違和感があるのはー？

ふよっと飛んで違和感の正体に辿《たど》り着く。

原因はリィトリア王妃様。

膝の上に着地すると、リィトリア王妃様を繁々と眺める。

「どうしたの？　ケータちゃん」

「んー…………………！　にゃるほど！」

違和感があるのはお腹の辺り。

体調が悪いとかではなく、新たに加わってる感じ。

「あかたんいりゅねー」

「！　ケータちゃん？」

「ここにあかたんいりゅー」

「えええ！」

「それは本当か!?」

ロクサーヌ王妃様が興奮して椅子を蹴倒してる。

「まだちったいけどー、まーりょくでてりゅー」

「まあ！　それが本当なら素晴らしいことだわ！」

「本当に！　ウフフ、お祝い事がまた増えたわね！」

王妃様2人とクレモアナ姫様がキャッキャしてると、王様とイングリードが入ってきて不思議そうな顔をしてる。

「どうした？」

「ウフフ！　まだ確定ではないのですけど、赤ちゃんを授かったかもしれませんわ！」

「おお！　それは本当か！　それは喜ばしいことだ！」

「おお、リィトリア母上、おめでとうございます！」

「ウフフ、明日にでもお医者様とテイルスミヤ長官に見てもらいますね！」

「ん？　2人にはまだ見てもらってないのか？」

「ええ、わたくしも自覚がなかったのですが、ケータちゃんがお腹から、別の魔力が出ていると教えてくれましたの」

「おお、ケータ殿ありがとう！」

王様に褒められました。

和やかに食事が終わり、アンネローゼと双子王子が代わる代わるリィトリア王妃様のお腹に抱きついてるのは可愛かった。

◆◇◆◇◆

おはようございます。

今日の天気は雨です。

明日の結婚式も晴れるといいけど。

朝イチで検診を受けたのか、朝食に全員に召集がかかり、いつもよりゆったりとしたドレスを着たリィトリア王妃様が、満面の笑顔で妊娠の報告をしてきた。

初出産ではないけど、アールスハインを産んでからずいぶん間が開いちゃったので、妊娠初期の今はくれぐれも無理をしてはいけないそうです。

キャーーーッと抱き付こうとした双子王子を、ロクサーヌ王妃様が捕獲して、怖い顔で注意してた。

兄になる双子王子が、ソワソワキャッキャしてる。

アンネローゼもソワソワしてるんだけど、今は食欲に負けてる。

来年には兄になって、叔父や叔母にもなるかもしれないもんね！

そう言ったらクレモアナ姫様が真っ赤になって、サディステュー王子が、

「頑張ります」

とか爽やかに言って、イングリードがガハハッて笑ってた。

リィトリア王妃様は、急遽昨日の夜から結婚式の衣装を調整してるらしく、リィトリア王妃様付きのメイドさんが、鬼気迫る勢いで走り回ってた。

バタバタで、騒がしい前日は過ぎていきました！

◆◇◆◇◆

おはようございます。

今日の天気は快晴です。

実によい結婚式日和。

今日の予定は、午前中に教会での結婚式。

午後に準備や支度をして夕方から結婚披露パーティー。

世界一の大国だけあって、諸外国から多くの賓客が来てる。

朝食を食べて、風呂に入り、いい匂いのクリームを塗られ、半袖シャツに、ベストと半ズボン、靴下に可愛らしい革靴を履いて、白いケープを着せられる。

今日の俺は大役を任されてしまった。

新郎新婦がバージンロードを歩く時に、頭上から花弁を降らせる役だ。

双子王子は後ろでベールを持つ係。

アンネローゼは指輪を渡す係。

王族の馬車に乗って教会へ。

双子王子とアンネローゼは緊張してるのか、とても無口。

主役のクレモアナ姫様とサディステュー王子、イングリードとイライザ嬢は、もう既に出発していて、オープン馬車に乗って、街の大通りを一周してから教会に行く。

安全のために見えないバリアを張っといたよ！

教会は、たくさんの生花で飾られ、たくさんある窓全部に神官が立って、ゴスペル的な歌を朗々と歌っている。

あ、ユーグラム発見！

手を振ったら、振り返してくれた。

多くの貴族と民衆が集まって、赤絨毯が敷かれる上を歩いていく。

たくさんのお祝いの言葉をかけられ、拍手を贈られた。

教会内部も、前回来た時とは違って、たくさんの魔道具で中も明るい。

王様たちが最前列の席に座ると、教皇猊下がわざわざお祝いを言いに来てくれて、ちょっとだけ挨拶をしてるうちに、俺は神官さんに連れられて入り口へ。

可愛らしい花籠を渡され、段取りを説明される。

双子王子は扉の外で待機。

俺は入り口の上に付けられた棚で待機。

カラーンカラーンカラーン。

教会の鐘が鳴って主役の到着を知らせる。

扉の外から、大きな歓声と拍手が近づいてくる。

その後、ちょっと間があって、

「新郎新婦のご入場です」

と、神官さんの声で、教会内の人たちが一斉に立ち上がる。

ゆっくりと開いた両開きの扉から、2組の新郎新婦が入ってくる。

2組とも真っ白な衣装で、これでもかってほど真珠が使われてる。

頭上から花弁を撒きながら、あんなに真珠が使われてたらさぞかし重いだろうと、関係ないことを考えてました。

2組が教皇猊下の前に到着したら、お役目の終わり。

アールスハインの膝に座って、あとは見てるだけ。

教皇猊下の長くも短くもない、ありがたいお言葉を聞き、誓いの言葉を交わし、婚姻誓約書にサインして、最後に誓いのキスをして終了。

どっちの花嫁さんも、チュッてするだけで真っ赤になってたのは可愛いかった！

新郎新婦がたくさんの拍手の中教会を出ていって、参列者もどんどん出ていって、王様が教皇猊下にパーティーの招待状を渡して教会を出た。

普段は、お城のパーティーに参加しない教皇猊下も、結婚披露のパーティーには招待されれば出席するんだって。

城内は、それはそれは優雅な戦場でした。

いつも以上に華々しく飾り立てられた城内を、優雅にでも迅速に移動するメイドさんや侍従さんたちは流石です！

肉体強化しないと追い付けない速さで通りすぎていきます！　あくまで優雅に！　カッコい

いよ！
各部屋で、軽く軽食を食べて、夕方までのんびり。
女性陣は大変だろうけどね！
皺になるといけないので、ちゃんと着替えてます。
アニマルたちと戯れて、ちょっと昼寝して夕方。
シェルに起こされて着替え、髪を整えられて会場へ。
主役の２組は入り口で招待客に挨拶。
王族は最後に入っていくので、控え室で待機。
王様と双子王子しかまだいません。
今日の王族は、いつもより煌びやかな衣装。
双子王子もお揃いのスーツを着てる。
いつもはフワフワしてる髪もセットされてて、ちゃんと王子様に見えるよ！
アールスハインはなぜか俺とお揃い。
濃紺の光沢がある刺繍《ししゅう》入りのスーツに、アスコットタイ。
俺のは半ズボンで、蝶ネクタイだけど。
遅れて、まずアンネローゼとロクサーヌ王妃様が２人で来た。

アンネローゼは、真っ赤なフワッフワのドレスに真珠のネックレスとイヤリング。

ダイエットが成功したアンネローゼは、ちゃんとお姫様してる。

ロクサーヌ王妃様は濃い紫の体に添ったセクシーなドレスに、真珠のネックレスとイヤリング。

ドレス姿を初めて見たけど、なんだか普段の男装の麗人的な姿と違って、妖艶な色気滴《したた》る美女になった！

女性って、時々驚くほど別人に変身するよね！

最後にリィトリア王妃様。

急遽、お直ししたとは思えないほど似合ってる明るいブルーのドレスは、お腹周りがゆったりしてる。

ゆったりしてるのに、決して太く見えないのは流石です！

やっぱり真珠のネックレスとイヤリング。

仲良いね！　デザインはそれぞれ違うんだけど、全員が真珠を使ってるのは、仲良しアピールですか？

貴重で希少らしいから、着けてみたかっただけ？

呼び出しの声がかかり、１人ずつ入場。

普段王様が座る玉座の両脇に立つ2組の新郎新婦。

王妃様たちの椅子は今日は一段下に置いてある。

王族の結婚披露だからね。

王様の挨拶でパーティー開始。

まず踊るのは主役の新郎新婦。

2組の新郎新婦が踊り終わると、王様とロクサーヌ王妃様が踊って、アールスハインとアンネローゼが踊る。

その後はお好きにどうぞ。

挨拶の列ができるけど、今日は主役と王様たちだけでいいそうです。

アールスハインは両手を双子王子に引っ張られ、料理の並ぶコーナーへ。

当然の顔でアンネローゼも付いてきた。

いつの間にか背後にいたシェルと助に、テーブルを確保させ、大量の料理を持ってテーブルへ。

王族が率先して食っててていいのかと思ったけど、問題ないらしいよ。

毒は盛られてませんよーってアピールにもなるらしいからね。

ワイワイと料理を食べていると、一番に挨拶を終えた教皇猊下がユーグラムを連れてこっち

に来た。

アールスハインが立って挨拶をして、テーブルに誘ってる。

ユーグラムと違ってにこやかに受けて、同席。

ユーグラムが無表情でハワハワしてます。

チビッ子多いからね！

シェルが次々運んでくる料理を食べながら雑談。

教皇猊下がものすごい食欲！

下品には全く見えないのに、すごい量食ってますよ！　アンネローゼも負けてないけど！

ユーグラムから聞いてはいたけど、柔らかいパンや肉の価値をいまいち理解してなかったらしい。

神官さんたちが魔物を狩りに行く時には、ぜひ肉を持ち帰ってもらおう！　とか言ってた。

なので処理の仕方を簡単に説明しといた。

満足いくまで食ったら、お友達と遊び始めた双子王子とアンネローゼ。

教皇猊下に挨拶したい人たちがジワジワ近寄ってきたので、教皇猊下はそっちへ。

ユーグラムとダラッと話してると、肉食系令嬢代表ガブリエラ嬢がババーンと登場。

取り巻き令嬢たちはユーグラムにうっとりしてる。

あっという間に蚊帳の外に出された！

今日は珍しく、シェルや助にまで声がかかる。

シェルが集まった令嬢たちに結婚することを告げたら、あっという間に散っていったけど。

素早いね！　目的がハッキリし過ぎてて、ちょっと引くね！

取り残された俺とシェルは、壁際で2人でぼんやりパーティー会場を眺めてたら、テラスの方がざわついているのを発見。

見に行ってみれば、ザワザワしてるだけで何が原因かが分からない。

テラスから周りを見ても、特に変わったものはなく、魔道具に照らされた美しい庭があるだけ。

「なぜざわついてるんですかね？」

「ねー、かわったものーにゃんにもないのにねー？（ねー、変わった物何にもないのにねー？）」

そしてまた今度は庭の方でザワッとして、何人かの人たちが指差す方を見れば、噴水。

豊かな水量を魔道具によって様々な、まるで模様のように吹き出す噴水。

鳥の彫像も美しい噴水。

……………鳥の彫像？　あの噴水は魔道具から出る水の模様が自慢なので、彫像などは置いてなかったはず？

パチッと目があった。鳥の彫像と。

あれ？　あのシルエットには見覚えがある、気がする？

「あれは、見たこともない美しい鳥ですね？」

「ちりあいかもー、ちょっちょみてくどぅ（知り合いかもー、ちょっと見てくる）」

ふよっと飛んで、すぐ近くに着地。

以前、森の演習で会ったね？

あれ？　でも待って、この鳥さん精霊じゃなくない？　完全に実体化してるよね？

「こんちゃー。もちかちて、せーじゅーでしゅか？」

『こんにちは、小さき聖獣。そう。我はフェニックス。聖獣である。元女神に罰が下されたと聞いて、立ち寄ってみた』

おお、やっぱり！

「かみしゃまからきーた？」

『ああ、ずっと笑い通しで会話にはならなかったが』

「あー。もちょめがみーは、いもむちにゃッたよ！　くっつっしゃいやちゅ！（あー、元女神は、イモムシになったよ！　くっっっさいやつ！）」

『ククククク、悪臭を放つイモムシとは！　ククククこれはいいことを聞いた！　クククク』

「みてくー？」

『いや、脅威が去ったとなれば、もう興味はない。捨て置けばよい』

「しょーね、なかなかちなないから、どっかで会うかもちれないしー（そーね、なかなか死なないから、どっかで会うかもしれないし）」

『ククク、それもまた一興』

聖獣が笑いながら話してるうちに、風に乗ってなんとも言えない臭いが。

「うえっ！」

キョロキョロと周りを見ると、風上の庭の端に蠢く塊が。

「うえーー、にゃんでここいんにょー？（うえーー、なんでここにいんのー？」

『…………あれが元女神の成れの果てか？』

「しょー。とおくのもりに、しゅててちたはじゅなのにー（そー。遠くの森に、捨ててきたはずなのに）」

『うむ、ひどい臭いだ。見た目もひどいな』

「きりゃわれものに、ちょーどいーしゅがたれしょ？（嫌われ者に、丁度いい姿でしょ？）」

『クククク、確かに！　クククク』

騒ぎと臭いに気付いた王様たちも集まって来た。

庭の隅で蠢く生肉色の臭いイモムシ。

「なぜここに！」

「途中で投げ出しやがったな！」

「はぁー、それでどうします？」

『ククク、面白いものを見せてもらった礼に、それを捨ててきてやろうか？』

「ほんとー？　たしゅかりゅー！　かこーとかにしゅててくりぇるといーなー（ホントー？　助かるー！　火口とかに捨ててくれるといいなー）」

『お安いご用だ！　しかしあの臭いものを運ぶのは抵抗がある。なんとかならんか？』

「したらー、ねちゅでとけるバリアーはりゅね！（そしたら、熱で溶けるバリア張るね！）」

『ククク、それでよい』

バリアを張って、鳥の脚でも運びやすいように持ち手も付ける。

『それではな、小さき聖獣よ。達者で暮らせ』

「またねー！」

フワッと飛んでバリアを掴むと、あっという間に飛んでいった。

手を振って見送っていると、

「ケータ殿、何がどうなっているのだ？　先程の鳥は？」

「あのとりしゃんはー、まえにあったしぇーじゅーでー、もちょめがみーがばちゅをうけたのーを、かくにんちにきてー、いもむちになったことをおちえたら、おもちろいかりゃ、しゅてきてくりぇるって！（あの鳥さんは、前に会った聖獣で、元女神が罰を受けたのを、確認に来て、イモムシになったのを教えたら、面白いから捨ててきてくれるって！）」

「聖獣がわざわざ確認に来て、元女神を捨ててきてくれると？」

「しょ。かこーとかにしゅてってきてっていっといたー！（そ。火口とかに捨ててきてって言っといた！）」

「かこー？　火口か？　クククそれはいい！」

皆して笑いながら去っていったよ！　聖獣が来たことは内緒ね！　パーティー以上に大騒ぎになるから。

その後もパーティーは続き、問題なく終わった。

俺や双子王子とアンネローゼは途中退場したけどね！

会場を去る間際にブロッコリー頭を見た気がするけど、気のせいかな？

6章　これから

おはようございます。

今日の天気も快晴です。

昨日の夜はいつもより夜更かししたので、まだちょっと眠いです。

着替えて、呼び出しがあったので、食事室へ行くと皆もまだちょっと眠そう。

王様、王妃様２人にアンネローゼ、双子王子。

クレモアナ姫様とサディステュー王子に、イングリードとイライザ嬢。

新婚な2組は、なんと言うか、赤くなってモジモジする新妻を、愛情いっぱいの目で見てる。

それを事情が分かってる大人組が、生あったか～い視線で見てる。

イングリードとイライザ嬢は、大公位と王領地をもらって独立するんだけど、館の修復が台風のせいで遅れてるので、しばらくはお城暮らし。

「さて、今日呼び出したのは、アールスハインの今後のことについてだ」

王様の言葉に不思議そうな顔をする面々。

相談された王様とイングリード、リィトリア王妃様以外は知らなそう？

「アールスハインは、本人の希望で冒険者として国内や諸国を旅することになった」

サディステュー王子とイライザ嬢はとても驚いた顔。

ロクサーヌ王妃様とアンネローゼは、ほう、と感心した顔。

イングリードはニヤニヤして、双子王子はキョトン顔。

あれ？　クレモアナ姫様は知ってたっぽい？　そんなに驚いてない様子。

「突然のことで驚いただろうが、私は本人の意思を尊重しようと思う。王族では見えない景色もあるだろうからな。成長して帰ってきなさい！」

「はい、ありがとうございます！」

「もう！　本当に急なんだから！　もうちょっと前置きが欲しいわ！　どこへ行っても、ちゃんと手紙を書くのよ！」

思いのほかリィトリア王妃様が乗り気。

「ハイン兄様！　わたくしは旅の先輩です！　なんでも聞いてくださいね！」

アンネローゼの鼻息が荒い。

「「アッハッハッハッハッ！」」

ロクサーヌ王妃様とイングリードが大笑いしてる。

「ランデール国へは紹介状を書きましょう」

「ではわたくしはミルリング国の姉へ紹介状を書きますわ！」

「んじゃー、んじゃー、僕たちもお友達にしょーかいじょー書く！」

うん可愛い。

「ありがとう皆」

照れ臭そうな、誇らしそうな顔でお礼を言うアールスハイン。

皆で和気藹々と朝ご飯を食べて解散。

の、前に、

「くりぇろあなひめしゃまー、いりゃいらいじょー、はい、ぷでぜんとー！（クレイモアナ姫様、イライザ嬢、はい、プレゼントー！）」

人の名前が一番言いづらい罠。

2人の結婚祝いに。

渡しそびれてた小粒の真珠でネックレスを作りました！

前世の妹たちと、釣糸とビーズでネックレスを作った思い出。

小粒の真珠に穴を開けるのには苦労したけど！

ポイズンスパイダーの罠糸と呼ばれる物は、透明でワイヤー並みに丈夫なので、とても便利。

小粒の真珠でレース模様のように、透明の糸で繋げた物。

金具は職人さんに頼んだよ！

夜会には向かないけど、お茶会くらいには使えると思う。

シェルが綺麗な箱に入れてくれたので、それを渡すと、

「まあ！　こんなに繊細な真珠のネックレスなんて初めて見ましたわ！　ありがとうございます、ケータ様！」

「わたくしにまで、ありがとうございます！　大事にしますわ！」

クレモアナ姫様がブチューーーッとするので、釣られたのかイライザ嬢にもチュッとされた！

さて次は、

「さでゅしゅちゅーのーじと、いんぐでぃーどにも、はい！」

「お！　俺にもあるのか？　ありがとう！」

「ありがとうございます！」

2人には万年筆。

これは職人さんと作りました！

「チューするか？」

イングリードがニヤニヤしながらチュー顔で近寄ってくるので、全力で回避しました！

まあ、2人にハグはされたけど！

それで解散して、部屋に戻り、

「しぇるー、けっこんいわいー！」

と、取り出したのは冷蔵庫。

冷凍庫も付いたやつ！

「これはこれは貴重な物を！　ありがとうございます！」

新婚家庭には電化製品を贈るのは我が家の習慣なんだけど、王子と姫にはいらないからね！

アールスハインはそれぞれの新婚さんに、お揃いの食器を贈ってた。

旅に出る支度は、あとは着替えを詰めるくらいまで終わってる。

お昼を食べて、午後は双子王子と遊ぶ。

旅に出ることをいまいち理解してない双子王子に、ちゃんと説明したらギャン泣きされました。

「2人は来年には兄になるんだぞ！　いつまでも甘えてはいられない。弟や妹、あとは、甥っ子や姪っ子を守るのはお前たちの役目だぞ！」

ってアールスハインが言ったら、ボロボロ涙を溢しながらガックンガックン頷いてた。


その2日後。

快晴の日。

朝ご飯を食べて、皆に見送られて出発。

お世話になった女性陣に小粒真珠のネックレス、男性陣に万年筆、子供たちに安全第一のボードを贈って、喜ばれて、代わりにリュグナトフ国の紋章が彫られたネックレス型のメダルをもらった。

これはリュグナトフ国王家の身分保証という。なんだか超貴重な物をもらっちゃった！

「行って参ります！」

「おしぇわなりまちたー」

「2人のことはお任せください！」

と挨拶したら、王様に、

「いつでも帰ってきなさい！」

とか言われちゃったので、

「はーい、いってちまーす」

と言い換えて出発。

ボードに乗ってスイッとね！

なんとなくいつもよりゆっくりと飛ぶ。

街門の近くでボードから降り、歩いて街門を越える。

さて冒険だ！　と勢いよく走り出そうとしたら、腹を持たれて抱っこされた！

驚いて振り向くと、無表情に花を飛ばしたユーグラム。

「ゆーぐりゃむ！」

「はい、ケータ様お久しぶりです！」

「どーちたのー？」

「私も旅に出るんです！」

「しんきゃんにゃのにー？」

「ええ、見習い神官は巡礼の旅を終えないと、正式に神官と認められないのです」

「ふぇー」

「アールスハイン王子、よろしければお供してもよろしいでしょうか？」

「巡礼の旅では？」

「フフ、教会は世界中にありますし、道順は本人の意思ですので！」

「ククク、そうか、よろしく！」

「おおー、よーしきゅー！」

「よろしく！」

同行者が増えました！

「あーー！　先越されたーーー!!」

「でぃーぐでぃー！」

「はいはいはい！　俺もお供したいです！」

「家の手伝いはいいのか？」

「我が家は学園を出たら3年以上、行商に歩かないと一人前と認められないんで！」

「ククク、ハハッ、よろしく！」

「よろしくお願いします！」

「いえーい！」

「いえーい！　ケータ様もティタクティスもよろしく～！」

快晴の空をボードを飛ばす。

「まずはどっちに行く？」

「うみー！　かにとえびがのこりしゅくない！　あとしゃかなとりゅー！」

希望を言ったら全員に笑われました！

進路は海に向いたからいいけど！

なんだか賑やかな旅になるようです！

外伝　旅先での初事件

「あーしくった！」

「相手が子供だったから油断したね～」

「あんな幼い子供が誘拐に関わるなど、裏から手を回した者は許せませんね！」

「全くだ！　子供を使っての白昼堂々の犯行。手慣れすぎている様子から見て、それなりの組織であるようだし、他にも被害者がいるかもな」

「だなー。一応騎士団か街の兵士に声をかけておくか？」

「万が一、領主も関わっていたとなれば、揉み消されたり邪魔が入ったり、最悪こちらに冤罪《えんざい》を吹っ掛けてくるだろう。ここは騎士団に通報した方がいいだろうな」

「そ～ですね～。聞いた話によると、ここの領主は重度のシスコンで、行き遅れの姉の望みは全て叶えようとするとか。で、その行き遅れの姉は、かなりの面食いで、綺麗な顔の男を見ると、拐ってでも自分の物にしようとするとか？」

「それ、主犯で決まりじゃね？」

「それならなぜケータちゃんを狙うんですか？」

「そりゃ誘《おび》きだされてるんだろう？　俺たちが」

「だろうな。ククク、だが、あちらはケータの実力を知らないからな」

「あははっ、ただの幼児と思って拐ったはいいけど〜、きっと大変なことになるだろ〜ね〜！」

急ぎもせずに街をゆっくりと歩きながら会話する俺たち。

事の起こりは半時ほど前。

冒険者ギルドに寄って、依頼達成の報告をし、素材の買い取りを待つ間にケータが拐われた。

冒険者登録前の子供が、小間使いのような仕事を求めてギルドに出入りすることは多く、そんな子供とケータが話しているのもいつものことと思っていたのだが、気付くと寝ていたはずのケータのペットたちが起きてギルド内を歩き回り、不安そうに鳴き出したことで、ケータがいないことに気付いた。

ギルド内にいた人たちに聞いてみれば、小間使いの少年に連れ出された姿を見ていた者が複数。

ギルドに出入りする子供が幼い弟妹を連れてくることもあるため、誰も特に注目も注意もせずに、連れ出されるのを見ていただけ。

俺たちの連れであることを知ったギルド職員だけが多少慌てる様子を見せたが、冒険者は基本個人主義の自己責任なので、誘拐事件なども一応通報しますか？　と聞かれただけで特に手

を貸してくれる様子も見られない。

依頼すれば協力はしてくれるだろうが、ケータの実力を知っている俺たちからすれば、ケータが危機に陥る心配はないため、依頼を出してまで協力を仰ぐ気にはならない。

ただ、ケータと離されたことで不安げに鳴くペットたちのためにも、ケータを見付けなければと街を歩いている現在。

先導するのはしきりに地面の匂いを嗅ぐラニアンと空中を噛む仕草を見せるソラ。

ラニアンは文字通りケータの匂いを追っているようだし、ソラはケータの魔力を追っている様子。

いくつもの路地を通り、塀の隙間を通り、崩れかけの建物を突っ切り、建物と建物の間の塀を上って下りて。

大人ではとても通れない道とも言えない隙間を巧みに通り、追手をまく技術は大したもの。

俺たちにはケータの作ったボードがあるので、スイッとひとっ飛びすれば済むのだが、普通に兵士や騎士が追いかけようとするとそれはそれは大変だろう。

ペットたちは、ソラとハクは大きさを変えられるし、ラニアンとプラムはそれほど大きくもないので、ケータを連れ去った子供の通り道ならば余裕で追跡できる。

そして辿り着いたのは、案の定領主屋敷。

子爵家である領主屋敷はそれなりの大きさで、使用人用と思われる裏口にも、子爵家の兵士が見張りとして立っている。

ケータの痕跡を追って中に入ろうとするソラとラニアンを見て、邪魔臭そうに足で追い返そうと蹴る仕草を見せる兵士。

ソラとラニアンが牙を剥き威嚇すると、鞘のまま剣を抜き、叩くような仕草をするので慌てて回収。

「あ、すいませ〜ん！　うちの子が！」

アハハ〜と笑って誤魔化すディーグリーに、

「ここは子爵家の屋敷だ。不用意に近づくな！」

「はい。申し訳ありません！　お昼時なんで、いい匂いにつられちゃったみたいで〜。以後気を付けま〜す！」

時間は昼食よりも少し早い時間。

裏口近くに調理場があるのか、確かにいい匂いがしている。

一瞬空中を嗅いだ兵士も納得したのか、ぞんざいに俺たちを追い返す仕草だけで何も言わなかった。

ソラとラニアンを連れて屋敷から離れる。

クンクンニャーニャー切なそうに鳴くのを宥めて、

「どうする？」

と聞いてみれば、

「正面から行っても相手にされないだろうな」

「ですが、あちらの目的は私たちなんですよね？　具体的に誰が、かは分かりませんが」

「これで下手に、夜にでも潜入したら、待ち構えられて、犯罪者として捕らえられるんだろ～ね～」

「だろうな。ケータ、何かやんね～かな？」

「中の様子が全く分からない以上、下手に手出しできないのが面倒だな」

「認識阻害で正面から突入してみる～？」

「中の様子を確かめるだけならいけるのでは？」

「こいつらが大人しくしててくれればな？」

アールスハイン王子の言葉に、全員がペットたちに目を向ける。

ソラは不機嫌に尻尾を打ち付けているし、ラニアンは小さな牙を剥き出しにしてるし、プラムは素振りのつもりなのか空を掻く仕草を繰り返し、ハクも触手を出し入れしてる。

「やる気満々だな？」

「連れてったら、確実に戦闘になるやつだね～」

「ケータちゃんを拐われたのですから、仕方ないですけど」

「だが今潜入して、万が一見付かりでもすれば、ケータを見付ける前にこちらが犯罪者として捕らえられるだろう？」

「負ける気はねーけど、ケータ以外の子供がいると面倒だよな？」

「ケータちゃんと連絡できれば、連携も取れるんだけどね～？」

「連絡…………できるな？」

「ああ！　できるな！　ケータ、スマホ持ってるし！　忘れてた忘れてた！　んじゃ夜まで待つか？」

「音でバレないか？」

「普段聞く音じゃねーから、警戒はされるだろーが、ケータがすぐに防音するだろ？」

「ええと、ケータちゃんとの連絡手段があるってこと？」

「ああ。ケータが作った魔道具で、遠距離通信が可能なんだ。それを主要都市に届けることも俺の仕事の一つだな」

「そんな画期的な魔道具が!?」

「流石ケータちゃんですね！」

ということで、帰りに少し情報収集しながら、夜まで待機することに。

なんとかペットたちを宥めて、昼食を食べ、それぞれに情報収集して宿に戻り夕飯を食べてからケータと連絡を取ることに。

アールスハイン王子の持つ通信機からプルルルル、プルルルル、プルルルルと数回の呼び出し音のあとに、

〈あいあーい〉

と呑気な答えが。

「ケータ無事だな？」

〈うん。ただね〜、こどもたち、いっぱーいりゅ〜（うん。ただね〜子供たちいっぱいいる）〉

「いっぱいとは具体的に何人くらいだ？」

〈にじゅーにんくりゃい。ちったいのかりゃ、おーきーのまで。びょーきと、のりょいはなおちたけろー、たいりょくなくてうごけにゃいこおーい（20人くらい、小さい子から大きい子まで。病気と呪いは治したけど、体力なくて動けない子が多い）〉

「今いる場所が、屋敷のどの辺りか分かるか？」

〈わかんにゃい。かおにふくろかぶってたち。たびゅんちかだとおもー（分かんない。顔に袋を被されてたし。たぶん地下だと思う）〉

「俺たちが屋敷に潜入したら、場所を示せるか？」

〈ん～、ばりぇてもいーなら？〉

「…………どうする？　子供たちの居場所さえ分かれば、戦闘になっても問題ないと思うか？」

「あー、子供たちのことはケータが守るだろうが、他の場所にいないとは限らないしなー？」

「あと、好みの男を複数囲ってるって話だけど、逃げ出したって話は聞かないから、何か捕えておく魔道具とか魔法とかあるかも～？」

「屋敷内の状況を調べないことには、安全に被害者を保護できませんね」

「だな」

今すぐに突入はできないことを確認して、

「ケータ。ペットたちが今すぐにでもケータの所へ飛んでいきそうなんだが、宥められるか？」

〈ん～？　そりゃ、はきゅ、らにあん、ぷりゃむ、みんなのゆ～ことさいて、おとなちくね！みんながい～っていったりゃ、たちゅけてね？（ん～？ソラ、ハク、ラニアン、プラム、皆の言うこと聞いて大人しくね！　皆がいいって言ったら助けてね？）〉

通話中ずっと切ない声で鳴いていたペットたちが、ケータの言葉を聞いてシャキッとした。

そしてグッと堪えるように顔を引き締めて、ニャッ！　ムー！　キャン！　ヤヤ！　と一声

逞しく吠えて、俺たちの顔を見た。

俺たちの言葉はいまいち理解してないようなのに、ケータの言葉は完全に理解している様子のペットたち。

それは契約した飼い主だからなのか、聖獣の特性なのかどっちだろう？

「とりあえず俺たちは屋敷の内部を探るために潜入して、状況を見て騎士団と共に突入する感じだな。それまで子供たちを頼むぞ？」

〈りょ〜か〜い〉

なんとも軽い答えに少し笑って通話を切る。

少しだけ仮眠を取ったあとに、アールスハイン王子がソラを、俺がラニアンを、ユーグラムがハクを、ディグリーがプラムを連れて屋敷の四方向から潜入。

既に寝静まった時間。

最低限の灯りがあるだけの暗い場所を、音を立てずに歩く。

隠れなくてもケータの魔道具のお陰で触れられない限り見付かることもない。

俺がまず見回っているのは、使用人用の宿舎。

子爵家としては少々使用人が多い感じがするが、特に異常は見られない一般的な宿舎を見回り、怪しい点がないかを確認して、建物から出て、次は別館と思われる建物へ。

普段使用されていないのか、掃除は行き届いているものの、人の気配はない。

見回りもそれほど頻繁ではなく、隅々まで見ても怪しい点はないように思う。

建物を出て、見張りの多い庭の半分ほどを確認して、そこまでで時間になったので退散。

宿に戻ると俺が一番先だったようで、大人しくできたラニアンを褒めて撫でていると、少し遅れてディグリーとユーグラムも戻ってきた。最後にアールスハイン王子も。

それぞれに連れていったペットたちを撫でて褒めながら、

「使用人宿舎と別館は異常なし。庭は全部は回れなかった」

と報告すれば、

「厩舎《きゅうしゃ》とその付近にある小屋、1階東側は異常ありませんでした」

ユーグラムも続け、

「本館2階東側と屋根裏も異常なかった〜」

ディグリーからも異常なしとのこと。

「本館2階西側は、例の姉の部屋があり、夜中でも複数人の気配があった。1階西側は地下へと続く階段と、おそらく隠し部屋と思われる部屋があったが、入り口を見付けることができなかった。ソラも反応を見せたんで、ケータたちは地下にいるだろうな」

とのアールスハイン王子の報告に、

「うわ～お！　本館に堂々と隠し部屋やら地下室やら作っちゃったんだ？」

「悪事を働く者ならば、もう少し考えて別の建物に隠すなりしそうですがね？」

「当主が企んでるんじゃなく、姉が企んでるからこそ、杜撰《ずさん》な計画なんじゃね？」

「当主は実情を知ってのことだろうか？」

「当主が知らないってことはないんじゃない？　使用人の手がないと、子供たちの世話や誘拐そのものをできないだろうし～？　関わってる全員が姉の使用人ってことはないだろ～し～？そもそもそんな使用人を雇ってる時点で、関係ありありだよね？」

「私もそう思います。街で聞いた話によれば、当主は姉の言いなりで、姉の好むものならどんな無理をしても手に入れようとするようですから」

「そんで、侍《はべ》らしてる男共が逃げねー理由も、まだ分からねえんだよな？」

「待遇がよくて自ら望んでいるなら放っておいていいけど、奴隷の契約とか魔道具とか使われてたら、そっちもなんとかしないとかな～？」

「だが、あの屋敷にそれほど魔力の多い者はいなかったように感じる」

「ええ。私も特に感じられませんでした」

「一応、使用人も確認したが、俺以上の魔力持ちはいなかったと思う」

「ってことは、魔道具か～。中古から密輸入まで調べるとなると大変だけど、この領地だと、

うちを除けばダンブル商会辺りかな〜？」

「ダンブル商会？　聞いたことがないな？」

「うん。王都にまでは進出できてない小規模な商会だけど、海側だとそこそこ名前を聞く商会だね。扱ってるのは主に生活用品や珍しい輸入品も少し」

「輸入品も扱ってるのか」

「他国では借金奴隷なんかも合法だから、奴隷の首輪とか腕輪とか、国内で買うよりずっと安価で簡単に手に入るね。それをこの国で売るのは違法だけど！」

「ああ。我が国では、犯罪奴隷以外は違法だからな」

「まあ、まだその違法な魔道具が使われてるかは確認できてねーんだから、それを調べることからだな？」

「ですね。ケータちゃんの口振りからすると、子供たちはろくな世話をされてないようですし、もしかしたら人質にされているのかもしれませんし」

「ああ、その可能性もあるのか」

「ケータのことだから、子供たちには十分に食わせてるだろうし、安全も確保してるだろうから急ぐ心配はないだろうが、これ以上犠牲者を増やさないためにも、さっさと解決しないとな！」

「あ！　でも明日辺りじゃない？　相手から何か要求してくるの」

「ケータを人質として誘拐したのなら、1晩置いて要求をしてくるのは妥当か？」

「今日1日私たちも積極的に動いていたので、ケータちゃんに十分な人質の価値がある、と思わせられたでしょうしね」

「要求に乗ってみるのも手か？」

「堂々と正面から乗り込める機会ではあるな？」

「でもその場合、全員を要求するんじゃなく、誰かだけって場合は？　全員一緒にいたら、要求しづらくな〜い？」

「なるほど。ならば明日はワザとバラバラになる時間を作るか？」

「そうですね。午前中はまとまって行動し、なんの要求もなければ、午後は予《あらかじ》め約束の時間を決めてバラバラに行動。帰ってこない者がいれば、その者がケータちゃんを人質に要求を突き付けられた、と判断するのですね？」

「なら要求されてついてったって分かるように、合図を決めようぜ！　バラバラに行動するルートも決めて、万が一別の奴と揉めて遅れても分かるように」

「合図か〜、何が分かりやすいかな〜？　相手に気付かれないもので〜、俺たちなら一発で分かる物？」

「できれば価値の分からない物がいいですね。高価な物と分かると、関係ない人が拾ってしまうかもしれませんし」

「価値の分からない物？　でも俺たちには分かる物……………」

「あ！　これは？」

思い付いた物を取り出し皆に見せると、

「「「それだ！」」」

と全員に納得された。

俺が出したのは、使い古された靴の中敷き。

消耗品なので、ケータから何枚ももらっている物。

城の関係者と学園の同級生しか知らない、使い古されているためへたれて多少汚れて、価値ある物とは思われない物。

作戦が決まれば、あとは明日に備えて少しでも寝ておくことに。


翌朝。昨夜の打ち合わせ通り、午前中は揃ってギルド付近を捜索し、午後はバラバラになって別の場所を捜索、する振りでブラブラしたあと、打ち合わせていた時間に宿に戻ってみれば、アールスハイン王子とユーグラムが戻ってこなかった。

ディーグリーと2人、予め決めていたアールスハイン王子とユーグラムの行動範囲を探してみれば、道端に靴の中敷きが落ちていた。

ディーグリーと顔を見合せニヤリと笑い合い、尾行がいないのを確認して、ディーグリーは情報収集へ、俺は騎士団詰所へ。

俺は、城を出る時に騎士団を除隊しようとしたのだが、陛下自ら所属したままで旅に出ることを許され、通常の勤務よりは少ないとはいえ給料ももらえる。アールスハイン王子を心配する故の親心なのか、そのまま騎士団員としていまだ名前が残されているらしい。

その騎士団章を見せ事情を話し、領主屋敷に同行してもらうよう要請を出す。


翌朝。情報収集に当たっていたディーグリーの話を聞き、騎士団でも正式な家宅捜索の許可が出て揃って子爵家へ。

領主屋敷では突然訪れた騎士団に対して慌ててはいたが、何か罪を犯してそれを隠しているような慌て方ではないことから、使用人にも実行犯とただの使用人がいるのだと分かった。

執事に連れられ当主である子爵が現れ、騎士に事情を説明されると、目に見えて慌てた様子で汗をかきだす。

それでも悪足掻きなのか、

「しょ、証拠はあるのか？」

などと言っている。

なので、ディーグリーと目を合わせ魔法で、ビーーーーーッと、屋敷中に響き渡るように大音量を響かせる。

騎士団には前もって言ってあるので皆耳をふさいで無事だったが、子爵家の面々は突然の大音量にその場にへたりこんでしまう。

そしてその音を合図に、屋敷の西側からドカンバリンガシャーーンガラガラガラッと次々と破壊音が。

俺とディーグリーが同時に、

「「よし！」」

と言えば、それまでなんとか大人しくしていたラニアンとプラムが弾かれたように走り出す。

それを追って駆け出せば、子爵家西側は2階の床が抜け、壁に大穴が開き、その瓦礫《がれき》が散乱して、この屋敷の兵士だろう複数人が倒れ呻いているという、ひどい有り様になっていた。

その瓦礫の中に立つアールスハイン王子とユーグラム。

2人は俺たちを見て顔を横に振ると、自分の前方を指差す。

2人の示す先には地下へと続く階段。

どうやら屋敷を破壊したのはソラとハクであるらしい。

ラニアンとプラムが真っ直ぐに階段を駆け降りていくのを追って地下に行くと、いくつかの倉庫らしき部屋と地下牢。

そこには誰1人おらず、行き止まりとなっている。

地下にいるはずのケータの姿も、捕らえられているはずの子供たちの姿も見えない。

隠し部屋でもあるのかと入り口を4人がかりで探すが、見付からない。あとから駆け付けた騎士たちも協力して隠し部屋の入口を探すが見付からない。

それにキレたのはラニアン。

キャン！　と可愛らしく一声鳴いたと思ったら、ラニアンの目の前の壁がサクッと切れた。

風魔法を使ったらしく、分厚い石の壁が切れた！

何それ怖い！　威力がやばい！　あまりの威力に騎士たちも何が起こったのか理解できずに唖然《あぜん》としてるし！

流石聖獣と言うべきなのか、見た目毛玉なのに、ものすごい魔法を使う。

そして壁の向こうには、呑気にジュースを飲んでまったりしていただろうケータとケータの言っていた子供たちの姿が。

突然壁が切り裂かれ大穴が開いたので、今は心底驚いた顔をしてるけど。

ペットたちがお構いなしにケータに殺到し、むぎゅむぎゅと体を押し付けてる。

そこだけ見るとても微笑ましいのだが、このままにするわけにもいかないので、子供たちを連れて上階へ。

途中に落ちている兵士たちを騎士たちが担いで玄関に行けば、既に別の騎士たちによって子爵家当主とその姉が捕縛されており、姉に侍っていたらしい見目麗《みめうるわ》しい複数の青年たちが所在なく佇んでいた。

子供たちの姿を見ると、青年たちは子供たちの名前を呼びながら駆け寄ってくる。

使用人の中にも子供たちに駆け寄り目当ての子供を見付けてヒシッと抱き締めていることから、子供たちを人質に犯罪行為を行わせていたことが分かる。

「お前たち！　望むだけのお金をあげるから、わたくしたちを助けなさい！」

金切り声でわめいてる当主の姉のことなど誰も見向きもしない。

「姉上！　姉上！　姉上に汚い手で触るな！　姉上！　今お助けします！　お前たち！　私を誰だと思ってるんだ!?　こんなことをしてただでは済まさんぞ！」

子爵家当主の言葉に、

「子爵だろうが公爵だろうが、法を破れば犯罪者として裁かれるのは当然だろう？　誘拐、監禁、違法魔道具の使用に違法奴隷。これだけの犯罪を犯しておいて、お前たちこそただで済む

と思うなよ！」

騎士が言い返せば、言い返されるなどと考えもしなかったのか、唖然と固まる子爵家当主とその姉。

固まった2人と、犯罪に直接関わっていたと自白した使用人たちを速やかに運び出す騎士たち。

ケータのお陰で子供たちも痩せ細ってはいるものの、健康状態に異常はなさそうだし。

奴隷の腕輪をされていた使用人や青年はケータがサクッと解除してしまったし、これで一件落着。と思ったが、その前にもう一件、犯罪に関わっている商会の捕縛にも付き合うことに。

ディーグリーの案内で向かったのは港にある倉庫。

ディーグリーが前に言っていたダンブル商会の倉庫で、騎士団が突入すると、見張りの兵士が何人かいるだけのなんの変哲もない貨物倉庫だった。

荷物の入っている木箱を開けても、特に怪しい物は見当たらない。

見張りの兵士が急いで呼んできたのか、ダンブル商会の商会主と従業員が慌てて駆け付けたようで、息を切らしながらも、

「これは何事ですか⁉　なんのお疑いで我々の荷を確かめておられるのですか⁉」

「子爵家に売った奴隷の腕輪の件だ」

騎士が言えば、サッと顔色が悪くなり目が泳ぎ出す。

誰が見ても怪しい。分かりやすい小者感。子爵家に脅されたのだとしても、実際に違法な物を取り扱ったなら、商会としては存続できない。

「そ、そ、そのような物は知りません！　何かの間違いです！　我々の商会は、それほど規模も大きくなく！　奴隷の腕輪を扱うなどと恐ろしいことはしておりません！」

唾を飛ばして訴えるが、大量に汗をかき、体はぶるぶると震えてる。

その目が、度々倉庫の奥を見ては誤魔化すように別の場所を見るのを繰り返している。

当然騎士たちもそのことに気付き、倉庫の奥を調べ始める。

目に見えて慌てだす商会主。

倉庫奥には明らかに他とは区別された高級そうな箱が並び、魔力を感じる箱も複数。

そんな箱を中心に開けていくが、宝飾品であったりドレスであったりと高級品ではあるものの、特に違法な物は見付からない。

外国製の魔道具もいくつか見付かったが、防御用の腕輪や盾、ネックレスなどで違法性はない。

「ほ、ほ、ほら！　ご覧になったでしょう？　これらの品は特別にご注文いただいて取り寄せた品です！　お相手の方に失礼になりますので、お名前は差し控えますが、高貴なご身分の方

からのご注文の品なのですよ！　こんなに散らかしてしまって！　傷でも付いていたら弁償してもらいますからね！」

なんだかとても強気になってる商会主。これは、隠し方に余程《よほど》自信があるらしい。

アールスハイン王子も同じ考えなのか、抱っこしてるケータに、

「ケータ、何か感じるものはあるか？」

小声での問いかけに、

「あしゅこの、ぬのでちゅちゅまれたはこからは、まーりょくじぇんじぇんかんじない。なんかあるね！（あそこの、布で包まれた箱からは、魔力を全然感じない。何かあるね！）」

生意気そうな顔でニヤリと笑うケータ。

ケータの話を聞いた騎士が素早く布を取り払うと、丁度ケータがすっぽり入るくらいのなんの変哲もない木箱が。この箱からも魔力は感じられず、ただ他の箱よりも厳重に、鍵が３カ所も付いている。

「その箱は！　子爵様から絶対に開けずに持ってくるように言われているのです！　触らないでください！」

「中身は？」

「外国産のとても貴重な、魔石を使った宝飾品とドレスだと聞いております！」

「当然中は確かめたのだろうな？」

「そ、そ、それは、子爵様が自らご注文された、大変高価で貴重な品を、我々の商会を信頼して運搬を任されたのですから！　その信頼にお応えして！　そのまま運ぶに決まっております！」

「いやいやいや〜。商人なら中身の分からない品なんて、絶対に運ばないよね〜？　自分で手配したわけでもない品なんて、何を運ばされるか分かったもんじゃないし〜。その品が違法な物だった場合、罪に問われるわけだし〜」

「だ、だ、黙れ！　お前のような駆け出しの行商人に何が分かる！　商売には信用が一番大事なのだ！」

「ハハハ〜！　その信用を得るために、確かな品を扱うのは、商人として基本中の基本だよね〜？」

笑いながら軽蔑の目を向けるディーグリー。

「お前のような若造には商会を守るという意味が分からんのだ！　私は！　商会に勤める従業員の生活も背負っているのだぞ！」

「でもそれも、犯罪を犯せば一発で台無しだよね〜？　必死に守ってきたのに、自分の行動のせいで、商会も潰れちゃうね〜」

ディーグリーを若造と見下して高圧的に言っていた商会主も、現実を突き付けられて呆然としてる。

ディーグリーと商会主が話している間に、騎士たちが剣の柄で鍵を破壊し、箱を開けてみれば、魔封じの袋に入れられたたくさんの奴隷の腕輪が。

一見奴隷の腕輪と分からないように装飾された腕輪。

でも破邪の目を持つ俺やアールスハイン王子からすれば、うっすらと黒い靄の見えるそれは、ケータも顔をしかめていて、奴隷の腕輪で間違いない。

騎士たちも専用の魔道具で確認して、その場で商会主を捕縛。

事情聴取のために2、3日街に滞在するよう頼まれて、宿に。

2日ほど離れていたせいか、ペットたちとケータがぎゅうぎゅうで揉みくちゃになっている。

アールスハイン王子がケータに説教をしているが、1人＋4匹の目が向けられると口ごもってしまう。ユーグラムは微笑ましい小動物のかたまりに無表情でほわほわしてるし。

ディーグリーだけは協力してくれたラバー商会の人たちにお礼をしに行っていていないが。

翌日。騎士団詰所に行くと、事情聴取の結果を教えてもらえた。

子爵家当主は、姉の望みを叶えるために善悪の意識もなく使用人に命じ、出入りの商会であ

るダンブル商会に必要な物を命じた。

ダンブル商会は子爵家の命令で、子爵領での優遇を約束されて犯罪行為と知っていて密輸入を行っていた。

違法に奴隷とされていたり、弟妹や子供を人質に、犯罪に協力させられていた使用人や兵士は全くの無罪とはならないが、情状酌量《じょうじょうしゃくりょう》の措置がとられることに。

事件の主犯である子爵の姉は、なんと言うか、話の通じない相手だった。自分は貴族だから何をしても許されると傲慢な考えを持ち、他者を慮《おもんぱか》る気持ちが皆無な人物で、問答しても無駄なので、容赦なく罰せられるそうな。

俺たちも軽く事情を聞かれ、夜に屋敷に潜入したことを叱られはしたが、俺が今でも騎士団に所属していることと、アールスハイン王子の身分を考慮して、捜査協力をしたとされ、お咎《とが》めはなし。これで本当に一件落着。

それにしてもケータさんや、旅に出て1カ月も経ってないのに、こんな事件に巻き込まれるなんて、この先すごく心配なんだけど？　ののほんとした顔で笑ってる場合かよ!?

あとがき

「ちったい俺の異世界生活6巻」をお読みいただき、ありがとうございます。

6巻かけてやっっと諸悪の根元を駆逐できました。

この結末には、読者様から様々なご意見をいただいたのですが、これまでは人々から崇め奉られてきた存在だったのに、今後は誰からも忌避される存在になった元クソバカダ女神。

言葉は通じず、意志疎通もままならず、ただただ嫌われる存在になりました。

連載当初からこの結末は決まっていました。

というか、ここに持っていきたくて書いていた節もあります。

何百年にも渡り、自分の嗜好を叶えるためだけに、国や人を弄んで多くの命が失われ、いくつもの国が滅んで、ケータの言った通り、何一つ救わない神様って、いる意味ないと思うんですよ？

自身は無神論者寄りの日本特有の文化としての宗教行事、クリスマスやハロウィンやバレンタインやらも、七夕もお盆も正月も、何となくで楽しんだり傍観したりしていますが、異世界だからこそ明確に存在する神様には、何かを救う力とか、人間には計り知れない叡知とかを期待してしまうわけで、自分の欲望を満たすためだけに、世界を弄ぶ存在には、自業自得で地に

落ちてほしいと思ってしまったんですね～。

その辺ギャル男神は、完全に傍観の構え。

ケータにチート能力を与えてしまったのは、加減が難しかったのと、クソバカダ女神に怒り心頭だったせいです。

怒れる象さんがでっかい脚で等身大の蟻の粘土細工を作る感じですね。

神様的な能力で、ケータが世界を壊そうとか支配しようなんて野望を欠片も抱かないことも見抜いていた的な？と思ってもらえたら。

今回も可愛いケータを描いてくださったこよいみつき先生、良い感じにケータの欲望がただ漏れていて嬉しい限りです！

毎回お手数をおかけしている編集部の皆様、お世話になっています。

6巻も続くとは思ってもみなかった話に、お付き合いくださる読者様、ありがとうございます。いただいた年賀状も大変嬉しかったです！

やっと桜が満開になった4月　ぬー

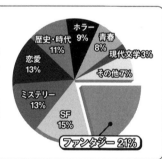

転生幼女は教育したい！
～前世の知識で、異世界の社会常識を変えることにしました～
Ryoko イラスト フェルネモ
5歳児だけど、
“魔法の真実”に気づいちゃった！
規格外な幼女が
異世界大改革!?
バイクに乗って旅をするかっこいい女性に憧れた女の子は、入念な旅の準備をしました。外国語を習い、
太極拳を習い、バイクの免許をとり、茶道まで習い、貯めたお金を持って念願の旅に出ます。
そして、辿り着いたのは、なぜか異世界。え、赤ちゃんになってる!?　言語チートは!?　魔力チートは!?
まわりの貴族の視線、怖いんですけど!!　言語と魔法を勉強して、側近も育てなきゃ……
まずは学校をつくって、領地を発展させて、とにかく自分の立場を安定させます!!
前世で学んだ知識を駆使して、異世界を変えていく転生幼女の物語、開幕です！
定価1,430円（本体1,300円＋税10%）　ISBN978-4-8156-2634-1
ツギクルブックス
https://books.tugikuru.jp/

ツギクルブックス

愛読者アンケートに回答してカバーイラストをダウンロード！


愛読者アンケートや本書に関するご意見、ぬー先生、こよいみつき先生へのファンレターは、下記のURLまたは右のQRコードよりアクセスしてください。

アンケートにご回答いただくとカバーイラストの画像データがダウンロードできますので、壁紙などでご使用ください。

https://books.tugikuru.jp/q/202405/chittaiore6.html

本書は、「小説家になろう」（https://syosetu.com/）に掲載された作品を加筆・改稿のうえ書籍化したものです。

ちったい俺《おれ》の巻《ま》き込《こ》まれ異《い》世《せ》界《かい》生《せい》活《かつ》6

2024年5月25日　初版第1刷発行

著者　ぬー

発行人　宇草 亮
発行所　ツギクル株式会社
〒105-0001　東京都港区虎ノ門2-2-1
発売元　SBクリエイティブ株式会社
〒105-0001　東京都港区虎ノ門2-2-1

イラスト　こよいみつき
装丁　株式会社エストール

印刷・製本　中央精版印刷株式会社

ISBN978-4-8156-2323-4
Printed in Japan